달려라!
김 변리사

달려라!
김 변리사

초판 1쇄 인쇄 2012년 01월 02일
초판 1쇄 발행 2012년 01월 09일

지은이 | 김영환
펴낸이 | 손형국
펴낸곳 | (주)에세이퍼블리싱
출판등록 | 2004. 12. 1(제2011-77호)
주소 | 153-786 서울시 금천구 가산동 371-28 우림라이온스밸리 C동 101호
홈페이지 | www.book.co.kr
전화번호 | 2026-5777
팩스 | (02)2026-5747

ISBN 978-89-6023-733-9 03810

김 영 환 지음

달려라!
김 변리사

Honeycomb Diary

▌서문

어제 동짓날 밤, 초겨울의 매서운 바람 속을 헤집고 고교 총동창회 송년 모임에 다녀왔다. 해를 거듭할수록 참석하는 동문의 수가 눈에 띄게 줄어듦이 안타깝기만 하다. 우리 고교 동문회만의 현상은 아니리라.

여기에 수록된 글들은 부제 '허니콤 다이어리'에서와 같이 동래고등학교 동문을 지칭하는 군봉(群蜂)의 온라인 교정이랄 수 있는 동문 홈페이지(www.donggoya.net)의 게시판 여기저기에 올려놓았던 글들을 한데 모은 것이다.

고교 동문회 모임에서 만나게 되는 선배님들은 나의 미래이고, 동기들은 자화상이며, 후배들은 즐거운 추억이다. 고교 동문회는 나를 십 대 후반으로 되돌려주는 청춘 열차이다. 그 청춘 열차의 한 좌석에만 앉아 있기보다는 서로 연결된 차량을 이리저리 오가며 여행한 지가 얼추 30년이요, 어림잡아 30년은 더 탑승하여 달려가리라. 청춘 열차 중 가장 많은 시간을 보내고 있는 곳은 동기회 차량이고, 그 다음 칸이 주로 사업을 하는 동문들의 친목 모임인 월봉회이며, 요사이 부쩍 출입이 빈번한 공간이 망월마라톤회이다. 한때 낚시에 꽂혀 있을 때는 '池사랑'이라는 차량에 죽치고 앉아 있던 때도 있었다. 한편 빈번하지는 않으나 '망월산악회' 차량도 빼놓을 수 없으리라.

변리사라는 직업상 딱딱하고 냉기 서린 기술(技術)들을 저물도록 꼬나보고 그 생김새를 기술(記述)하다가 동문회 청춘 열차 여행의 즐거움을 글로써 표현하는 그 자체는 나에겐 또 하나의 낙이요 즐거운 부록이다.

왠지 두렵다. 그저 감춰두면 그만일 속살을 괜히 드러내자니……

차례

/ 잔챙이 낚시의 잔재미 /

저번 일요일(10. 10.)에도 예의 삼길포에 다녀왔습니다. 산본에서는 서해안 고속도로와 평행하게 내달리는 39번 국도를 타고 쭉 내려가다 고속도로로 올라 길고 긴 서해대교를 건너서 이내 송악 IC를 빠져 나와 석문을 지나 달리면 도착하는 곳이기에 자주 들릅니다.

과거엔 저수지 낚시로 붕어를 잡아 집에서 매운탕을 끓여 먹기도 하였으나, 아시다시피 거개의 민물 터란 물색이 흐리고 맑은 곳을 찾기가 어려워 요사이 바람도 쐴 겸 대호방조제 쪽을 자주 찾습니다.

서해안에서 배낚시도 아니고 방파제나 석축에서 낚싯대를 드리우니 당연히 꽝이지요. 그러나 동행한 두 아이와 아내는 물가에 떼 지어 나댕기는 작은 잔챙이들(왕 올챙이 크기)을 잡는 게 그리 신이 나나 봅니다.

저는 어차피 꽝조사이기에 같이 간 가족들이 재미있어 하면 그만이거든요. 배를 타려고 하면 그 돈이 웬만해야죠. 그리고 네 식구 모두가 배낚시를 한다 치면 그 돈 감당을 어찌 한단 말이오.

그래도 저는 애들보다는 멀리 던져 조금 더 큰(그러나 뼘치 붕어보다는 작은 크기의) 독가시치인지 우럭새끼인지를 몇 마리 잡아(남들 같으면 버리거나 살려줄 텐데) 항구에서 산 산 새우 박스에 함께

10

넣어가지고 와선 튀겨 먹었죠.

왜 이렇게 사설을 늘어놓느냐면, 동고야 동호회 사이트 맨 끝에 애처롭게 대롱대롱 매달려있는 '지(池)사랑'이 요즘 새벽녘같이 썰렁하기만 해서 따뜻한 온기를 불어넣으려 함입니다.

어이구, 자판을 사정없이 두드렸더니만 쓸데없이 손끝만 따뜻해졌네요.

지사랑 회원 여러분, 영어 공부 해 보셨죠? 우리 독해는 엄청 잘해요. 그런데 WRITING은 영 아니죠. WRITING 자꾸 해봐야 늘더라고요. 자 독해 끝났으니까 지면 바꿔서 WRITING 해 보세요.

/ 새벽 닭 /

왜, 닭이 운다고 하죠?

첫새벽 수탉이 울(?) 때
하릴없이 이를 유심히 보자 허면

다다를 수 있는 최상위에 버티어 서서
또한 그 높이도 성에 차질 않아 목을 한껏 위로
뽑아 뾰족 부리 하늘로 향하곤 우렁차게 일갈하지요.

"꼬~오 꼬 ~~닭!"

이내 목 고개를 다시금 하늘로 치드는 형국이란!

이게 어찌 우는 모습이랍니까?

왜, 우리 군 시절 아침 점호 때
구령 조정 삼 회 복창할 때의 그 자세
그 기상과 흡사하지 않습니까?

요 쪼맨한 닭대가리 속에도
나름의 군기가 빼곡히 박혀서 새벽마다
이처럼 우렁찬 기개와 기세를 내지르고 있는 것은 아닌지

새벽 닭 울음소리가
새삼 그립습니다.

/ 별 볼일 없는 밤이었죠? /

하늘을 봐야
별을 볼 텐데

버스를 내려 죄다
배낭 등에 메고
좁은 콘크리트길을 따라
타박타박 오르려니 산골마을
몇 가호가 한눈에 들어오네

웬걸, 사람보다 먼저
강생이들과 불그스름한 우공들이
우레와 같은 환호성으로 우릴 반김에
짐짓 놀란 가슴 뒤로 하고 접어든
계곡 끝자락의 도착지 바로 그 절

무릇, 절은 절하는 곳이라
절에 당도하였으니
우선 주지스님이신 우달 선배님께 절을 하고,

특별 초청되어 수고해 주시는 보살님들께도 절을 하고,
정작 부처님께는 법당 문 밖에서 눈인사만으로 대신하는
불경으로 도착 신고를 서둘러 마감한 채

곧바로 법당 옆 너른 마당에 엎드린 멍석 위
이리저리로 둘러앉아 먹물 속같이 캄캄한 산중의 산사에서
보살님네 보살핌으로 저녁 공양을 하기로서니

커다란 무쇠 솥뚜껑 위에서
익혀졌는지 데워졌는지
아니면 탔는지 분간이 안 되기는 하지만
맛이 그만인 돈(豚)나물을
돗나물과 버무린 나물 무침과 한 입에 털어 넣으니
그 맛을 어찌 이 짧은 붓끝으로 형용할 수 있으리오.

공격 태세의 저까치들은 마치 부챗살마냥
솥뚜껑 주위로 정렬하여 저마다 정한 타깃에 정조준하고 있는데,
왜 이리 돈(豚)나물이 더디 익는지.

아마 이 시점에 우리의 머리 위에 당연히 별이 총총 떠 있었겠죠.
이 치열한 섭생의 현장에서 고개 들어 한가로이 별에 눈 박고 헤매
기란

돈(豚)나물에 마치 환타 같은 색조를 지닌
솔 내음 그윽한 숙성 감로수를 곁들이니 설상가상 찰과상이라.

우물거리며 앞과 옆 야반 도반들과
이런 저런 재미난 얘기도 곁들이자니
불통 주둥이는 더욱 더 바빠지기만 하고
그 밤 저편 산등성이는 별 이불을 뒤집어쓰고 있었을 텐데
하여튼 별 볼일 없는 밤이었네.

/ 병술년(丙戌年)을 맞이하며 /

누군
용꼬리보다
닭대가리라고 하지만

생각건대
전혀 아니올시다.

묵도 못하니
경제적 가치로는
닭발보다도 못하잖소.

꼴에 웬 대가리에
벼슬은 달고 있는지
천하에 맨 꼬래비 벼슬이
닭 벼슬이라지요?

그런 을유년 닭띠 해는 저물고
병술년 개띠 해 새날이 밝았습니다.

덩치로 보나
효용성으로 보나
영양소의 풍부함으로 보나
닭에 비할 바가 아닐 것입니다.

흔히 부정적인 면을
비유할 때 개를 들먹이지만
많은 동물 중에 개만큼 사람 가까이에
있어 왔던 친근한 짐승이 어디 있었던가요?

자!
올 한 해 개같이 법시다.
개 끓듯이 돈 끓게 해 보자고요.

우째
쓰고 보니
그야말로 '개소리' 같은 느낌이 드는 건 왜인지…….

/ 당신은 일기를 쓰는지요? /

학창시절, 특히 국민학교에 다닐 때 우리 모두는 억지로 일기를 쓰곤 하였죠. 특히나 방학 때 신나게 놀고 개학 전날 한꺼번에 몰아치기로 일기장 메우느라 엄청 힘들어 했었던 기억이 남의 일만은 아니었을 것입니다.

자, 이제 나이 먹고 검은 머리카락 하얘지고 그것도 모자라 두피 노출 부위가 점점 늘어감에 어릴 적의 그 지긋지긋하던 일기를 지금도 쓰는 사람은 얼마나 될지……

전 일기를 씁니다. 매일 쓰지는 않지만 드문드문 씁니다. 그것도 공개적으로 바로 여기다 씁니다. 지금도 쓰고 있습니다. 우리 동고야 사이트가 바로 저의 일기장입니다.

강남포럼 게시판에, 지사랑 게시판에, 월봉회 게시판에, 마라톤회 게시판에, 산악회 게시판에, 그리고 오류회 동기 게시판에……

각 사이트의 게시판 목록란 상단 바 위쪽 우측에 보시면 제목별로 그리고 이름별로 검색을 할 수 있도록 하는 장치가 마련되어 있습니다.

일례로 '이름'란 카테고리에 '김영환'을 써넣고 우측 검지로 살짝 클릭을 하게 되면 그간의 제 일기장이 일자별로 쫙 펼쳐집니다.

일하다 뻐근하면, 퇴근 무렵 한갓지면 한 번씩 클릭해서 지난날의 내 모습을 꺼내보곤 한답니다.

젊은이와 늙은이의 차이점을 아시는지요? 젊은이는 내일(미래)을 얘기하고, 늙은이는 지난날을 얘기하는 시간이 많다죠.

저도 살살 나이 먹어가는 모양입니다. 뒤를 힐끔힐끔 돌아보는 시간이 늘어남에……

/ 발안 독정리 수로에서 /

오늘도 언선시럽게 비가 뿌리고 있네요. 저번 일요일에 우리 집, 산본에서 멀지 않은 발안의 독정리 수로에 딸내미랑 다녀왔습니다.

비온 뒤라 물이 차서 고기도 차오르리라는 기대를 온몸 가득히 품고선, 새벽 댓바람에 천 원짜리 '김밥천국' 시키면 뭉치를 치아 싸개 안으로 쑤셔 넣고는 39번 새벽길을 힘차게 밟아 발안 IC 근처의 낚시점에서 미끼를 사면서 조황을 물어 보니 수로에선 잔 씨알만 낚이고, 유료 저수지로 가면 큰 놈이 낚인다나.

그래도 돈 안내는(돈이 아까워서가 아니라) 수로에 자리를 잡고 파라솔 치고 두 대를 폈죠. 펴고 담배 한 대 태우면서, 강 저편을 멀리 보면서 이 자리에서 큰 놈 잡으면 용학이한테 폰 전송해서 약 올려줘야지 했는데, 결론부터 밝히자면 전화할 일은 없었습니다.

바로 옆에선 내 팔뚝(제가 한 팔뚝 합니다)만한 가물치를 걸어서 우째 우째 용케도 끌어내더니, 어이쿠 결국에는 발밑에서 털과버리드만요.

다만, 동자개 몇 마리와 두어 치 되는 붕어 두 수 했습니다.

마치 상어 같은 늠름한 자태의 동자개란 놈이 올라와서 내게 하는 말, "끼기릭, 끄륵 끄륵, 꼬르륵" 하여튼 뭔 소린지는 몰라도 인사성 하나는 밝은, 그야말로 요즘 보기 드물게 가정교육 제대로 받은 어종임을 새삼 느꼈습니다.

몇 달 전, 양주 CC에서 고급 매운탕이라 하여 나온 게 바로 동자개 매운탕이었는데, 불과 다섯 마리뿐이라서 한 냄비 안되더라고요. 우짜겠노! 살려줘야지.

아, 오늘 비오는 금요일, 낼 오후엔 갠다는데 이렇게 큰물 진 다음 날 개천이나 강에 가면 평소보단 성공 확률이 높잖아요? 그냥 생각뿐, 그리고 수십 년 전 어릴 때 그런 경험을 했던 것이 아직도 남아서…….

/ 동해안에서 /

엊그제 주말 끼고 가족과 함께 동해안 고성의 삼포 코레스코 콘도에 2박 3일간 휴가를 다녀왔습니다.

작년에도 그랬듯이 올해도 새벽녘에 배를 타고 나가서 가재미 낚시하는 것을 최대의 테마로 잡고 출발하였건만 웬걸, 미시령을 넘기도 전에 비가 추적추적 뿌리더니 콘도에 도착할 즈음엔 비에 바람이 가세하여 훼방을 놓기 시작합니다.

그리하여 텔레비전 뉴스와 창밖의 바다를 번갈아 보기를 수백 번, 아니 수천수만 번. 파도는 가라앉을 기색은 전혀 없이 오히려 높아만 가고, 무지막지한 파도 소리가 귓전을 사정없이 어지럽혀 놓으니, 기분은 파도 높이와 반비례에서 자꾸 자꾸만 다운되어갔습니다.

할 수 없이 이튿날, 차를 몰고 북으로 북으로. 그리하여 통일전망대에서 그리운 금강산을 마주하며 가재미 설움을 달래고 콘도로 다시금 컴백하다가 화진포 해수욕장의 화진포에서 낚시를 드리우고 있는 영감님 옆에 쪼그리고 앉아 장기 훈수꾼 포즈로 몇 마디 말을 건네며 시름을 달랬습니다.

해가 저물어서 그도 그만 꿩 대신 닭이라고, 돌아오는 길에 새우 미끼 장만해서 콘도 냉장고에 모셔놓고 대충 잠자고 곤하게 골아 떨어져 있는 딸내미 깨워서 새벽 5시 반에 바로 옆에 있는 가진항 방파제에서 학꽁치 낚시로 대신하였습니다.

첫 수는 학꽁치가 아닌 누리끼리한 황어가 올라오고, 뒤이어 몸매 날렵하고 은빛 찬란하며 떠오르는 태양빛이 가세하여 광채를 발하는 코쟁이 학꽁치가 퍼덕거리며 올라오기 시작하는데, 결론은 학꽁치 몇 마리 잡아서 아침부터 회 쳐 먹기는 좀 그래서 프라이팬에 구워 먹고 올라왔심더. 이게 전부입니다.

/ 복중 모임 /

어제 남한산성 계곡의 '푸른산장'에서 연례행사인 복중 모임이 있었습니다.

지난 몇 년 간의 예를 들추어 보자면 월봉회의 어떠한 정기모임보다도 많은 회원들이 참석하였던 특별한 모임이었기에 이번에도 많은 회원들의 참석이 기대되었으나, 이번엔 참석 인원이 좀 줄어든 듯하여 조금은 아쉬움이 남기도 합니다.

그래도 스무 명 정도의 회원님들이 오셔서 산만디이로부터 쫄쫄쫄 흘러내리는 계곡물을 앞뒤로 하고 길따금한 나래비 상을 중심으로 이열횡대로 마주 앉아 음식과 정담을 주거니 받거니 하자니, 개갑아지는 건 개개기 접시기와 술비이요, 무거워지는 건 내 몸띠이라!

땀 뻘뻘 숨 헉헉 다 말아 올라오신 강회장님은 웃통부터 벗어젖히시고, 일갈하시길 개개기는 이리 웃통 벗고 묵어야 제 맛인기라.

후배 사랑 가득한 전임 신 회장님께서는 노심초사 여적지 도착 못한 후배 회원 이제사 나타날까 연신 아래쪽 컴컴한 산길에 눈길을 주시고 일찌감치 일등 참석 신청했던 진새이 새이는 공무 땜시 꼬바래이로 당도하여 신병 식사하듯 후다닥 퍼 넣자마자 궁디 들고 산을 내리갈 수밖에 없었으니 자고로 장사꾼은 십 원의 이문을 보고 십리 길을 멀다 않고 달려가고 개 맛을 아는 우리네 회원들은 마천역 막창구멍을 빠져 나와 이길 저길 돌고 공수부대 담벼락을 끼고 돌아 일방통행 좁디좁은 산자락 언덕배기 샛길을 헛바닥 쑥 빼낸 채 헉헉거리고 올라가니 그곳엔 그 맛이 있었네. 불란서 어떤 여배우가 그토록 씹어대던 고놈을 자근자근 씹어대니 그 아니 즐거 울 수가!

그리하여 올 여름 마감 행사가 마무리되었습니다.

/ 서해안에서 /

엊그제 일요일엔 아침 느지막이 먹고 오후 한 시쯤에 가족들과 제
부도 쪽에 칼국수 한 그릇 하러 갔다가 제부도 못 미쳐 궁평항이란
곳에 들러서 일단 당초 목적인 바지락 칼국수와 소주 한 병을 비우
고, 뭐 딱히 할 끼 있나요? 역시 낚싯대를 펼쳤죠.

마침 물이 올라오는 시간이라 계단식 선착장 최저층으로부터 삐꾸
통을 그 위로 몇 번씩 옮겨놓으며 쫓기듯 망둥어 낚시를 했죠. 별
로 신통치는 않드만요.

그런데 희한한 광경을 목도했습니다. 물이 밀려오는데, 웬 놈의 고
기가 물 바깥쪽 시멘트 계단으로 튀어 오르질 않겠습니까. 바로 그
때 옆에 있던 총각놈이 퍼덕거리는 놈을 잽싸게 나이스 캐칭하더라
구요.

별일이야! 그런데 자세히 보니 그 옆에 새끼손가락만 한 멸치 비슷
한 놈도 동반 자살을 시도했드만요. 별꼴이야!

내가 왜 산본에서 사느냐고 묻는다면, 바다가 세게 밟지 않고도 삼
십 분 거리에 있고, 반월저수지는 지척에 있으며, 독정리 수로, 홍원
리 수로, 남양만 등등 역시도 머지않은 곳에서 항상 손짓을 하고
있음에 내 어찌 이곳을 떠날 수 있으리오. 물만 좋은 건 아닙니다.
내 사는 곳 바로 뒤, 아니 우리 아파트 자체가 수리산에 폭 파 묻혀

있습니다.

그리하여, 전 주말에 엄청 바쁠 수밖에 없습니다. 산에도 기 올라가야죠, 골프 연습장에도 일수 찍으러 가야죠, 그리고, 이 물, 저 물, 물 좋은 곳에도 놀러 댕기야죠.

왜 이리 쓸데없는 이야기를, 특히 동고야 사이트에서 맨 끄팅이에 매달려 있고, 또한 방문자 수도 희귀한 이곳 '지사랑'에 사설을 늘어놓느냐면, 단 한 사람 용핵이가 이곳 단골이라 이 글을 보면 또 열받을 것 같아서, 열받으라고 이렇게 쓴답니다. 이번에 용학이가 안 보면 어떡한담!

/ 내 키가 줄어들었어요 /

어제 동기회 다녀온 직후에 저의 그 짝달막한 신장이 줄어들었습니다.

양복 윗저고리로부터 내리쳐진 소매 끝으로 내 손등이 숨어 있고, 저고리 아랫단은 골반을 지나 거의 허벅지까지 축 내리쳐져 있었으니, 이게 바로 내 키가, 특히 상체가 엊저녁 이후로 축소되었다는 증거가 아니고 무엇이란 말입니까? 참 이상하기도 하지요.

어젠 1차에서 뽕진이 강권을 뿌리치고 소주 단 석 잔 먹었을 뿐이고 2차에선 500CC(운오 말로는 470CC) 한 잔을 그것도 채 다 마시지 못하고 2부 가량은 남기고 자리를 떴기 때문에 내가 취할 아무런 이유도 없었는데 이게 웬일일까?

마침내 찾아낸 내 키가 줄어든 이유는, 다름 아닌 양복 윗저고리가 내 끼 아닌 내와 비스름한 정신세계의 어느 키 큰 동기 놈 것이었던 것입니다.

그런데 문제는 아침에 출근하면서 대충 짐작으로 용의선상의 동기에게 전화해 보니 자기는 지 양복이 맞는다는 얘기를 첫마디로 뱉어내드만요.

그래도, 내심 짐작이 가는 바가 있어서 다시 한 번 살펴보라고 했더니, 웬걸 지 양복이 아니라는 대답이 전해지드만요. 그래서 저는 아침에 출근하자마자 오토바이 퀵으로 위쪽 겉껍질을 그 키 큰 사내에게 부치고, 지금 내 상의를 기다리고 있는 중입니다.

엊그제 방송에서 치매를 다룬 프로가 있었는디, 그 초기 증상이 바로 이런 건가요?

/ 뚱땡이의 구불기 / - 경부이어달리기 참가 후

걸을 땐 아직도 왼쪽 정강이 안쪽이 좀 당겨 옵니다. 별 연습도 없이 땐땐한 아스팔트를 쿵쿵 눌러댔더니 숏다리 연결부 관절 고놈이 꽤나 놀랐던 모양입니다.

모교를 사랑하는 마음에 앞서 개인적인 욕심으로 달리기를 시작했고 '서울부산이어달리기'에 참가하게 되었습니다.

식탐이 가당찮고 그 양 또한 대단한 저에게 팽팽하게 부풀기만 하는 육신 주머니의 바람을 빼기에 가장 적합한 꼬질대가 바로 '달리기'임을 깨닫고 이어달리기 행사 약 2개월 전부터 사알살 집 앞을 달렸었죠.

작년에 우리 동기가 5구간 참가하고 올해도 같은 구간을 맡기로 하였기에 어제는 리허설 겸 해서 참석했었습니다.

대오에 섞여 달리던 중에 오만 잡담과 신소리가 이어지며 귀를 세우게 하는데, 그 목소리의 주인공은 모두 다 개성고 주자들이었습니다.

기냥 달려도 되죽을 판인데, 농을 주고받으며 마치 술자리에 앉아서 이바구하듯 하드만요. 그러한 이바구가 중요한 것은 아니구요, 문제는 그렇게 농담을 주고받으며 분위기를 주도하는 개성고 주자들의 면면이었습니다. 그들 대부분이 제 나이또래였거든요. 그리고 그 숫

자도 우리 동문에 비할 바는 아니었고요.

우리는 예의 노장 달리미 선배님들이 올해도 힘찬 발걸음을 내딛고 계셨습니다. 올해 새로운 얼굴을 드러낸 동문은 없던 것으로 기억됩니다. 반대로 작년에 비해 그 숫자가 줄어든 듯 싶드만요. 올해는 동창회 차원에서 새로이 시작한 행사라고 하는데, 그 취지가 빛바랜 것 같기도 하고요.

왜 있잖아요? 인간에게는 비교의 습성이 있는 듯합니다. 목욕탕에 가서도 우리 남자들은 안보는 척하믄서 그놈 거시기를 흘끔 곁눈질하면서 내 것과 비교하지 않습니까.

경이달은 우리가 먼저 시작했고, 뒤늦게 개성고가 합류했는데, 어제의 분위기로만 볼 때는 비교가 될 수밖에 없었습니다. 양교 주자를 2열종대로 늘였을 때 개성고 거시기 길이에 비해 우리 동문의 거시기 길이는······.

전체 구간 중에서 인제 호부 2구간을 마쳤고 앞으로 뛰어 가야할 구간이 많이 남았습니다. 굳이 긴 거리를 뛸 필요는 없을 것입니다. 조금씩이라도 품앗이하듯 여러 동문이 교대해 가면서 가을 들길, 황금 나락 밭을 뒤로 하며 지구를 내 두 발로 회전시킨다는 기분을 느껴봄이 어떠하신지요?

'경이달'은 마라톤이 아닙디다. 그저 한데 어울려 빠른 발걸음으로 가을 시골길을, 읍내의 아지매를, 소학교의 어린애를, 우리에 갇힌 소들을, 그리고 저 먼 가을 산의 색동옷을 카메라 줌인 하며 감상하듯이 멀리서 그리고 가까이서 즐기는 그러한 놀이이자 가을 축제인 것을.

/ 서해안 시대에 즈음하여 /

최근 평택시에서 시 홍보를 하면서 외치는 외마디로 서해안시대의 도래를 들먹입니다. 그 중심에는 중국을 코앞에 두고 있는 평택항이 떡 허니 자리 잡고 있고요.

우리 '지(池)사랑'도 이러한 시대의 조류를 거스를 수 없어 고인 물에 담근 찌 대가리와의 눈싸움을 과감하게 탈피해서 서해안 시대의 주역 평택항으로 향했습니다.

시작은 이렇게 거창하고 장대하였으나 그 결론부터 밝히자면 문자로 '안분자족'

그러니까 배 안의 조사들이 입술에 근근이 뻘건 칠하며 나름대로 위안할 수밖에 없는 정도의 조과에 그쳤습니다.

그날 골프가 안 되는 이유가 일백 가지가 넘듯이, 낚시꽝 이유 역시 그 변명거리가 허다하거든요. 그날은 물때가 안 맞아서 가까스로 손맛과 입맛을 볼 수밖에 없었습니다.

아마도 충청도 출신의 선장인 듯한 우리의 바다 운짱은 다행스럽게도 과거 일식집에서 칼질을 했던 경력이 있어 예수님의 '오병이어' 기적과도 같이 몇 마리 안 되는 우럭이랑 아나고 그리고 일명 잡고기를 먹음직스럽게 칼로 삐지고 쪼려서 푸짐하게 나누어 먹을 수 있음에 감사할 따름이었습니다.

그런데 선장으로부터 전해들은 찡한 한마디, "나는 회 안 묵어요."

아니, 웬 말쌈? 똥개가 똥을 마다하고 말이 콩을 마다하며, 호색한 이 여자를 마다하는 격이랄까, 어부가 회를 마다하다니!

그 이유는, 본인이 횟집에서 일할 때 칼질했던 모든 바다고기들이 양식 어종이었고, 칼질을 하다 보면 기름 냄새 등등의 역겨운 냄새가 날 때가 있어서, 그 후로는 회를 멀리하게 되었다고 하더군요. 그러면서, 배 위에서 건져 올린 자연산 고기들은 잘도 처드시드만요.

그렇습니다. 우리가 비싼 돈 주고 시내 횟집이나 일명 '수사'에서 묵는 그 고가의 고기는 얼추 101%가 항생제 섞인 사료 묵고 살찌운 고놈들이었습니다.

동문과 선상에서 직접 낚아 올린 펄떡거리는 자연산 바닷고기를 삥 둘러앉아 소주 곁들이며 목구멍 아래로 투하하는 그 기쁨이란!

바로 이기 집안의 마누라 마다하고, 이혼도 불사하며, 그라고 자석 새끼 참고서보다는 낚시 장비를 먼저 챙기며 낚시 가는 이유 중 하나일 수도 있을 것이리라.

이번 출조 후 여러 동문을 통해서 전해들은 바로는 상당수(아마도 약 사오백 명 정도)의 동문들이 눈으로만 군침을 흘리고 계셨더구만요.

담에 같이들 가시죠. 물론 회비는 지참하고요.

오늘 갤러리에 올라온 사진을 대하니 불현듯 몇 자 적어야 하겠다는 생각에…….

/ 송년회를 마치고 /

망년회보다는 송년회 어감이 훨씬 좋지요.

'망' 자로 시작되는 단어 중 positive한 게 뭐 있던가요?

이를 테면, 망치, 망조, 망할 놈, 망할 년, 망둥어, 망상어 등등

반면에 '송' 자로 시작하는 단어란, 대체로 오동통하고 친근한 이미지로 다가오는, 송해, 송편, 송어, 송아지, 송사리······.

그리하여 우리 월봉회에서는 끝 모임을 '월봉회 송년회'로 정하여 어젯밤을 무탈하게 극치감을 느끼며 치렀습니다.

바쁘신 가운데에도 많은 회원님들께서 기꺼이 참석하시어 올 한 해 안 그래도 거침없이 달려온 월봉회 순항 길에 마지막 액셀을 빡씨게 밟아주심에 다시 한 번 머리 숙여 감사드립니다.

어제 강회장님 인사 말씀에도 있었듯이 내년에도 회원님들 모다 건강하시고, 매번 월봉회 모임콜(meeting call)에 기쁜 맘으로 참석하실 수 있는 정신적, 신체적, 경제적 분위기가 되길 기원합니다.

안녕

이천 뉵년아!!!

/ 올해 마지막 날 /

어젠 저희 사무소에서 송년회 겸 저녁식사 모임을 가졌습니다. 이런 저런 송년회를 월초부터 바쁘게 뛰어다니다 정신을 챙겨 보니 정작 저희 사무소 송년회는 빠뜨렸더라고요.

그래서 오늘 저녁은 열외 일 명 없이 야근을 해야 한다고 공갈치고, 그 야근 장소로 저희 빌딩에 새로 오픈한 두 당 2만 원짜리 뷔페로 옮겨서 둥방한 접시를 키보드 삼고, 포크를 마우스 삼아, 그리고 앞자리 동료 상판을 모니터로 두어 시간의 야간작업을 열심히 했습니다.

뭔 번개모임 같은 송년회 자리였지만, 사전에 뷔페에 연락하여 제 방에 모셔져 있던 발렌타인 1병과 코냑(까뮈) 1병을 까서 먹을 수 있게끔 허락을 받아놓았기에 뷔페 모든 손님들의 곁눈질을 받으며 한껏 기분을 낼 수가 있었습니다.

참고로 이 뷔페는 술 반입이 금지되어 있고, 그 안에서 사먹을 수 있는 알코올이란 난재이 좆자리만 한 맥주와 포도주뿐입니다.

이곳 뷔페의 음식 맛은 제가 여러 호텔과 결혼식장을 다년간 댕기본 중에 단연 최고라고 할 수 있습니다.

제 몸매만 놓고 보면 대충 많이만 묵을 것으로 비춰질 수도 있으나, 천만의 말씀. 지가 엄청 미식가거든요.

월봉회 회원님들 중에서 시간 나시는 회원이 있으시면 함 오십시오. 모시겠습니다.

장면을 전환하여. 올 한 해 월봉회가 무탈하게 그리고 더 더욱 끈끈하게 그 점도를 높여갈 수 있게끔 참여해 주시고, 돈 내주시고, 웃겨주시고, 놀아주시고, 대작해주셨음에 감사드립니다.

내년은 돼지띠라매요? 제가 아는 돼지는 통념과는 달리 절대로 과식하지 아니하며, 지 똥 눈 자리와 누울 자리를 확실히 구별하고, 또한 '꿀꿀'대나 그 생김새가 절대로 꿀꿀하거나 밉상만은 아닙니다. 이에, 우리 월봉회 회원님들 모다 돼지마냥, 내녕갠 묵는 거 가려서 적당히만 묵고 항시 잠자리는 가려서 한 곳에서만 몸띠이를 누이고 의식불명이 되거들랑 딴 거 말고 '돼지꿈'만 꾸시어 바라옵건대 큰 돼지, 다시 말하면 많은 돈 버십시오.

꿀 - 꿀

/ 소 똥 누 듯 한 /

지는 중등 과정 2년 마칠 때까정 대처(부산) 옆뿔때기에 붙어 있는 양산벌, 지금은 양산 신도시로 자리를 빼앗겨 버린, 천변에서 소먹이는 일이 학교 파한 후 저녁 답까지의 일과였습니다.

해거름이 되어 소 이까리 한 손에 거머쥐고 빵빵하게 만땅 찬 소 배때지를 앞세워 몰고 가자면 느닷없이 한 치 눈앞 소 궁디 중앙의 항문이 씰룩이는가 싶더니 당초에 막혀 있던 궁가리가 아가리를 쩌억 벌리며 시커먼 천연 거름 재료가 밀려나오기 시작하는데 그 광경을 목도하면서 집으로 향하자면······.

근데 말일씨. 소 똥 누는 걸 자세히 볼라치면 한 무더기 싸서 땅바닥에 처얼썩 내동댕이처놓곤 한참은 기냥 있는 기라. 그래서 다 쌌나 싶으면, 바로 그때 또 한 무더기 풍덩. 그리고 한참 있다가 또 푸웅덩, 그러길 여러 번. 그래서 한 놈 소똥이 길게는 일이백 미터씩 이어지기가 다반사.

우리네 월봉회 사이트가 마치 소 똥 누듯 한 것은 아닌지?

글 마려운 한 회원이 사이트에 한 무더기 글월을 올리면 한참동안 침묵하다가 잊을 만하면 다음 글이 따라붙는, 마치 키 작은 심지에 달아올라 꺼질듯 찰랑거리는 애기불꽃 같은 애처로움이란······.

각설하고, 기왕에 마련된 마당이요 펼쳐놓은 멍석이오니, 우리 사이트

38

를 통해서라도 회원 서로 간에 "복 받으슈" "그래, 너도 복 받아라" 하며 글로서나마 새해 덕담을 주고받으면 얼마나 정겨울까 하는 생각이 들어서 몇 자 올려봤습니다.

/ 산본 예찬 /

전 산본에서 삽니다. 산본 유래를 시청 공무원이 '산 밑 동네', 즉 '산 동네'라고 한 기억이 있습니다.

어제도, 아칙에 먹다 남은 식은 밥과 저번 주말에 양산에서 지가 어무이와 아들내미와 함께 밭에서 줄기를 따고 잎을 잘라낸 뒤 얇은 피막을 제거한 고구마 줄거리를 기름과 간장에 닦은 반찬, 여름 햇볕을 받아 독이 적당이 오른 땡초 몇 놈, 그리고 집 앞 점방에 들러 마련한 막걸리 한 통을 울러 메고 약 300미터 떨어진 위치의 수리산 계곡으로 올라선 촬촬 소리가 맴맴 소리와 어우러진 상쾌한 소음을 곁들이며 발목은 계곡물에 목구녕은 탁배기로 각각 씻어 내리며, 쪼맨치만 솔찬히 맵은 땡꼬추로 속 디비지고……

밥 묵고 술 걸치고 나선 수리산 8단지 산 초입 약수터의 야외무대(참고로 우리 아파트에서 약 200미터 떨어진 곳)에서 펼쳐진 수리산 '숲속음악회'를 가족 모두가 나무를 가장한 시멘트 재질의 기다란 의자에 횡대로 앉아서 한여름의 축제에 동참했습니다.

군포시청과 군포예총에서 주관한 행사였는데, 그 프로그램을 보자하면, 한복 차려입은 시악시의 고전무용, 3인의 연주자가 크기와 역할이 제각각인 하모니카로 불어재끼는 하모니카 합주, 그리고 미사리 노래꾼 중년 듀엣 '헤븐/HEAVEN', 이어지는 가슴이 물 풍선 매달아 놓은 듯 상체 전면이 풍부한 소프라노의 큰 울림, 마지막으로 아쟁, 북, 가야금, 전자피아노, 나발(태평소)로 꾸며진 국악 한마당과 장사익을 연상시키는 노래로 짜인 알맹이 꽉 찬, 관객의 귀를 즐겁게 해주는 가당찮은 무대였습니다.

개인적으론 지방자치제도가 좋지 못한 면도 많다고 생각하고 있습니다만 어제 이와 같은 공연을 보면서, 생각의 핸들을 운전대로 뽀듯이 돌리도록 만들드만요. 소프라노의 열창 중, 명성황후 오페라 곡이라든가 "나 슬퍼도 살아야 해, 나 슬퍼서 살아야 해"라는 가사가 울려 퍼질 때 귀로 전해온 울림이 그 안쪽의 생각 뇌를 자극하여 잠시 가동케 하드라고요.

그도 잠시, 헤븐의 7080 노래 몇 곡과 신나는 북소리를 앞세운 끼깅 깽깽 현 울림이 어우러져 산속을 진동시키매 모여든 관객의 어깨가 저절로 들썩들썩, 궁디가 움찔움찔, 주디이는 터져서 희한한 소리를 뱉어내고(그 주인공 중 한 명이 지 마누라드만요. 허이, 참!).

공연 끝남에 아쉬워 집 앞을 피해 돌아 생맥주 집에서 공연장 그 관객들과 다시 삼삼오오 모여서 주인 아줌마를 번갈아 소리쳐 불러대며, 아들놈이 어릴 적 깡통에 갈겨놨던 바로 그 노란 색깔의 음

료수를 큰 유리컵에 받아서 순식간에 벌컥벌컥, 키약 꺼어억.

웬걸 우리 옆 테이블엔 외국인 부부가 자리하였기에 끼어들어 잉글리쉬로 가족 간에 부부가 대화를 하니 이곳 산본이 세계 관광 중심지 내지는 유명 공연장이 된 것 같기도 하구요.

이 외국인 부부는 조선일보 주말 매거진에 소개된 가볼만한 곳(산) 기사를 보고 전철을 이용해 수리산역에 내려서 올라 왔다드만요.

우리 부부가 외국인 부부와 딴 나라 말로 씨부려대니 우리 아들딸 주눅이 들어 꿈쩍 못하고, 치묵기만 하더군요. 무언의 학습 압력이 심하게 내리꽂혀 말 안 해도 열심히 영어공부 할 걸로 보입디더.

/ 시월 삼일 /

어제(9/12) 재경동창회 전반기 이사회가 신당동에서 있었습니다. 저희 56회에서는 욱이와 제가 참석하여 여러 의제를 경청하고 왔습니다. 그중에서 코앞에 다가온 행사는 여의도 국회의사당에서 열리는 추계 동문 운동회입니다.

이번 모임은 예년과는 달리 49회에서 주관 기수로 나서서 재경동문회와 함께 행사를 기획하고 있습니다.

그 내용을 들여다보자면, 참가 동문은 물론 가족에게까지도 무려 2,000g에 달하는 쌀 포대를 입장 시에 가슴팍에 팍팍 안겨주는 것을 시작으로 해서, 헐벗은 동문 따숩게 지내라고 최고급 쿨맥스 티를 색색으로 입혀준답니다.

춥고 배고픈 이에게 배불리 묵을 양식(쌀)과 통풍성 덱끼리에 빛깔 고운 옷까지 입혀준다니 이보다 좋은 고디이학교가 하늘 아래 동래고등학교 말고 어디에 있으리오.

요까지는 서막에 지나지 않고 본 게임에 접어들면, 지줌 색을 달리하는 옷으로 패거리를 나누어선 서로 치고받고 뒹굴고 엉키어 각종 게임을 하며, 또 제각각의 팀을 응원하도록 하였다니, 그 또한 새롭구나!

여기서 빼놓을 수 없는 주옥같은 정보 한 가지는, 빠라빠라 빰, 흐미,

예쁜 시악시 '치어걸'들이 오빠들 눈앞에서 탐스런 복숭 궁디 흔들어 시각을 자극함은 물론이요, 하염없이 자빠라져 있는 뇨도 겉싸개를 곧추세우도록 하였다고 전합니다.

생쌀 준다고 고거이 배부를 리 만무하고, 바람 쏭쏭 쿨맥스 입혀 준다고 몸띠 따숨을 리 없으며, 벌거벗듯 대충 입고 요염한 자태 흔들어 댄들 그림의 떡이라.

그리하여 실속 있게, 남녘 고향 양산에서 상경시킨 '추어탕'에, 시큼 맵싹 톡 쏘는 일품 탁배이 안주 '홍어무침'에, 산성막걸리 후손인 부산 '생탁', 그도 모자라 소주에 맥주에 possible 생맥주까지 준비했답니다.

이번이야말로 청명한 가을 하늘 아래 '쌩쑈'의 주인공이자 관객이 될 절호의 찬스입니다.

그리고 이마트 매장의 매대를 연상시킬 정도의 각종 선물을 참가자 모두에게 빠짐없이 낱낱이 나눠준다고 합니다.

사십 줄 넘어 오십 고개를 치받아 보는 우리네가 이들 선물이나 먹을 거리에 동하리오.

그러나 바로 요 선물엔 안 올 수가 없겠지!!

선물목록 : No.1 참가자 본인을 제외한 동기와 그 가족

　　　　　　 No.2 동문 선후배와 그 가족

　　　　　　 No.3 하늘 높은 가을날의 잘 가꿔진 국회 잔디밭

하늘이 열려 우리를 이 자리에 있게 한 바로 그날, 개천절 10월 3일 오전에 보입시더!

/ 몽산포에 오시걸랑 /

새벽녘 공기가 제법 차갑습니다. 올 여름을 가장 짜증나게 버텼던 정부 기관은 어디였을까 생각해봅니다.

아마도, 기상청이 아니었을까 합니다. 예보 적중 확률이 절반에도 미치지 아니하였으니까요.

제가 속한 금천상공회 최고위과정 회원 중 한 분이 우비 장사를 하는데, 올개 대박이 났답니다. 속내를 알아보니, 우비나 우산 장사란 꼭 비가 많이 온다고 해서 장사가 잘되는 것은 아니랍니다.

비가 안 온다고 했는데 온다든가, 비가 오락가락, 아님 가락오락 변덕을 부려야만 매출 증대에 큰 기여를 한다드만요.

일례로, 요즘은 전국의 모든 지자체에서 나름대로의 지역축제나 행사를 많이 하는데, 올 여름 날씨가 예측불허, 예보무관 지 멋대로 인지라, 야외 행사의 경우 무조건 일회용 우비를 행사 참가 예정 인원수만큼 준비해야 하니 우비장사는 망하려고 발버둥 쳐도 도저히 망할 재간이 없더라고 하더군요.

자, 이젠 높고 푸른 가을 하늘에서 시원한 가을바람이 볼 살을 어루만지는 계절입니다.

한마디로 제 각각의 일터에서 궁디 의자에 붙이고 일하는 척하기보다는 문밖으로 뛰쳐나가 푸른 하늘 아래서 신나게 노는 것이 하나님께서 베풀어 주시는 성의에 보답하는 길이 아닐까 하는 생각이 듭니다.

이에, 주머니에 든 칼을 꺼내어 보여 주십시오. 한번 난도질을 해 봅시다.

어서 오시라고 허리 굽혀 인사하는 열변성 카멜레온 서해안 대하를 시작으로 해서 명절날 삽쭉걸에 서서 눈썹경례하며 새깽이 기다리듯, 두 눈땡이를 쭉 빼낸 채, 동상에 퉁퉁 부은 손등 같은 집게발로 어서 오라 손짓하는 어여쁜 꽃게랑, 무리지어 투명 수족관을 뺑뺑이 돌며 가을 햇살에 반사되는 실버 광채로 동공을 자극하는 가을 어종의 대명사 전어까지 해서 이들을 썽끌고 잡아 찢고 까발려 삽입합시다.

그리하여, 이번 여름여행 테마는 '전하게'입니다.

아직 야유회 일정을 모르는 회원에게 그 사실을 '전하게' 하는 의미이자 우리가 묶고 잡은 '전어, 대하 꽃게'의 통칭이기도 합니다.

/ 여행스케치(1) / - 숨 가쁜 일몰

빛깔은 잘 익은 홍시요
모양새는 똥그란 신식 가로등

그 찬란한 태양이
저치로 빨리 제 모습을 감출 줄이야!

천수만 뚝방 길을 미끄러져 도착지를
코앞에 두고 내달릴 때만해도 한 뼘 넘어 걸쳐있던 그 님이
해변 펜션에 당도하니 바람막이 소나무 숲 건너편 수평선 우에 간
당간당 걸쳐 있네.

니가 뛰니 나도 뛰고
숙소 마당에 가방일랑은 내 팽개치고
죄다 망망대해 수평선을 향해 앞 다투어 달음박질

그렇게 숨 가쁘게 서해안 진흙 같은
모래 위에 어깨를 맞대고 모두가 지는 해를 바라보았네.
이내 돌아서선 불덩이를 뒤로 하고 찰칵찰칵 증명사진 박아대고

해의 운항속도가 그렇게 빠를 줄이야!
백여 리 먼 길 달려온 선두주자 스타디움 들어서서
가쁜 숨 몰아쉬며 사백 트랙 사력 다해 스퍼트하듯,
고놈도 막판에는 무섭게 스퍼트하여 고유가 시대
연료지시 침 떨어지듯 뚝뚝 떨어져 가없이 길게만
이어진 결승 수평선을 넘어 스러짐에 짐짓 무서움과
두려움이 엄습하여 마침내 찾아온 가을 찬바람은 뒷전이라

혹자는 세월의 무상함을 탓하지만
이는 무심한 넘들의 넋두리인 것을
마흔 넘어 오십 줄에 인자사 알았네.

수억 년을 뺑뺑이 돌고 있는 저 태양도
저치로 지침 없이 사력을 다해
지 할 일을 지대로 하고 있음에,
하늘 아래 하늘빛 수혜자인 우리네가
한가로이 무상타령을 늘어놓을 수 있으련가.

우짜든동 올개 해님께 감사드립니다.
작녕개 죽도 야유회 때 죽도 산만디이에 올라
시작을 보려 했음에 보여주시지 않던 얼굴을
이번에 그치로 아름답게 꽃단장하여
월봉회 회원 여러분들께 뵈어 주시니 황공무지로소이다.

48

월봉회의 야유회는 노을 속 일몰과 함께
이치로 숨 가쁘게 출발하였습니다.

/ 여행스케치(2) / - 맛대멋

내 어릴 적, 대충 국민학교 고학년 때부터인 것으로 기억된다.

그보다 어릴 땐 소년조선일보를 보았고, 대글빡이 쪼매이 영글어지는 때부터 조선일보를 보기 시작하여 여적지 변함이 없다. 경제지가 추가된 것 외에는.

그 당시 가장 먼저 챙겼던 기사는 지금은 돌아가신 백파 홍성유 선생의 '별미기행'인가 하는 코너와 나중에 '장군의 아들'로 이름을 바꾼 '인생극장'이라는 연재소설이었다.

한마디로 난 미식가다. 대식가로 보이지만 어쨌든 미식가다. 주 1회로 연재되던 백파의 별미기행을 보면서 입맛을 다셨고, 나날이 흥미를 더해가던 김두한 패거리의 일거수일투족을 활자로 확인하면서 머릿속으로 그림을 그렸던 것으로 기억된다.

우리 CLIENT 한 분이 생각난다. 그분은 부산 동아고와 홍대 미대를 나와 미국 LA에서 광고 관련 포토의 Producer, 즉 LAPD를 하면서 LA 시내 음식점 및 메뉴에 대한 평을 언론에 기고하는 일도 해왔노라고 했다.

한국에 들어와 얼마 되지 않았을 때 그분을 만났는데, 이분은 TV에서 일명 '맛집'이 소개되고 땡김 현상이 나타나면 밥을 먹다가도 부인과 함께 소개된 그 장소로 총알같이 튀어나가는 먹는 데 목숨

건, 아니 대단한 미식가였다.

그 장소의 원근을 가림이 없이 시간의 낮밤을 안중에서 지워 버린 채 강원도 꼴짝이던 남도의 해안이든 그곳에 숨차게 그 집에 당도하면 저 먼저 와 떡 허니 자리를 차지하고 있는 동류의 미칭개이들이 종종 있었다고 하였다.

그런데 그 무모한 발작은 이내 수그러들었다. 방송에서 맛있다 하여 가보면 영락없는 배반의 장미였고 그러길 수차 반복하다가 이 LAPD 양반은 KBS PD 등등을 원색적으로 비난하며 고국 맛 기행 쫑냈다.

장면을 전환하여, 개인적으로 난 진새이성을 좋아한다. 새빠닥이 고감도여서. 이번 월봉회 소풍에서 이것저것 마이 좌 묵어 봤지만 그중에 단연 으뜸은 진새이행님이 낚아 챈 자연산 '점도다리'였다.

먼저, 썰어놓은 모양새를 형언차면 칼잽이 기술 부려 대패로 켠 듯한 얇은 조오쪼가리와는 달리 우리 경상도 명절이나 제사상에 올라오는 생짜배기 돔배기 형상에다 다시 보면 소고기 국거리 썰어 놓은 듯한 모양샌데 허멀건 살캥이 빛깔 좀 보소. 햐ㅡ아 이는 잠뱅이, 고쟁이로 겹겹이 둘러싸여진 채 깊숙이 감춰진 여인네의 허벅지 안창 살결이라.

이 귀한 생짜배이를 먹을 땐 상추 싸지 말고, 마늘 고추 멀리하고 된장, 마늘, 기름 범벅 소스를 약간만 발라서 입속에 한입 가득 채워 넣고 오물조몰 우물주물 마치 껌 단물 빨아먹듯 그 진액을 쪼옥 쪼옥 빨아 묵고서야 '꿀걱' 하야 하는 기라.

요즈음 먹을거리가 넘쳐나고 온갖 매체마다 맛집 타령을 나불대고 있지만 정작 내 입맛에 맞는 음식을 접하기 어려운 이 시절에 저와 회원들을 점도다리의 향연으로 이끌어 주신 진새이 새이 만세 만만세!

맛을 아는 그대,

그대는 멋재이.

맛은 멋이요 멋은 맛이다.

/ 여행스케치(3) / - 월봉회의 정체, 정체성

양식 진주의 비밀을 아시는지요? 진주의 양식을 위해서는 먼저 핵을 이식합니다. 쪼맨한 알갱이(핵)를 조개비 껍질 벌려 삽입하게 되지요. 그러면 그 삽입 핵 주위로 분비물이 분비되어(이상한 연상이 되네요) 고형화되는 과정을 계속하는 결과로 탄생하는 것이 아줌마들 뻑 가시게 만드는 진주입니다.

제 추측인데 군용 건빵의 별사탕 깊숙이 박혀 있는 좁쌀 같은 고 놈도 일종의 핵으로서 역할을 하는 것이 아닐까 합니다.

요번, 월봉회 야유회 땐 개근하던 지 아들놈을 데려가지 못했습니다. 대가리 굵어진 탓도 있겠지만 대가리 지름 크기에 예의나 버릇은 반비례하는 듯이 느껴짐은 비단 저만의 경험이 아닐 낍니다.

요즘 애들이 왜 버릇없고 말을 안 들을까요? 이는 집안의 어른 내지는 중심이 무너졌기 때문일 것입니다. 예전엔 집안에 어른이 계셔서 그 어른의 통제 하에 일사불란하게 가정사의 순환이 이루어졌으나, 요사이 대부분의 가정에서는 엄마의 목소리가 높아지고 그에 따라 애비는 갈수록 초라해짐으로써 아해들은 애비 말을 조랑말 목에 매여 딸랑거리는 방울소리로 취급하는 것은 아닌지요.

그러나 월봉회는 그렇지 않습니다. 일사불란하고 만나면 웃음소리가 담장을 넘어 달나라에까지도 미칩니다. 그 웃음소리엔 채그이 새이가 큰 역할을 하지요.

중심이 있기 때문입니다. 언제나 꼿꼿하게 그리고 담담하게 자리하고 계신 코아가 있음에 연유합니다. 그 중심은 강한 자력으로 주위의 후배 회원들을 흡인합니다. 씨게 땡기는데 땡기갈 수밖에 없습니다.

이같이 강한 구심점의 주위로 오밀조밀 모여든 월봉회는 계속해서 성장하며 밀도를 높여 가고 있습니다. 월봉회라는 껍질 속에서 영롱한 아름다움의 외연을 넓혀가는 진주가 되어……

경조 형님!

다시 한 번 생신을 축하드립니다.

/ 어항으로 고기 잡기 /

언제부터였을까? 아마도 초등학교 3학년부터 비롯되었을 것입니다. 어릴 때부터 냇가에 나가서 피라미나 버들치(어릴 땐 '똥고기'라 불렀습니다.) 잡기를 즐겨했습니다. 마치 요즘 우리 머시마 동균이가 컴퓨터 게임에 정신을 쏟고 있듯이, 저 어릴 적 여름엔 온통 냇가에서 보내곤 하였습죠.

그때의 고기잡이란 원통형 얇은 유리병에 한쪽은 거즈로 둘러싸 고무 밴드로 막고 반대편에는 통 안쪽을 향하는 깔때기가 구비된 어항을 이용하였습니다. 그 어항 내부에 돌덩이 같은 깻묵을 진짜 돌멩이로 잘게 깨 부서 넣고 냇물의 물 흐르는 곳에 반 돌담을 쳐서 그 아래쪽에 고이 모셔 놓으면 그 이후론 기나긴 기다림.

지가 원래 머리가 과히 나쁘진 않아서 어항을 놓더라도 다릿발 아래에 놓았습니다. 왜냐하면, 어항을 담가놓고 다리 위에서 내려다보면 고기들이 어항 주위로 모여들어 배회하다가 재수 없고 용감한 놈들이 깔때기 똥구녕을 통해서 내부로 들어가는 전 과정을 관람하기에 가장 편한 로얄석이기 때문입니다.

그런데 고기들이 어항 주위로 모여들어 빠글거려도 정작 내부로 들어가는 놈들의 숫자란 기대치를 훨씬 못 미치기에 관객으로 하여금 진을 빼는 인내심을 필요로 하게 맹급니다. 입구는 저긴데 앞쪽에서 어른거리는 눔, 아님 유리 동체만을 주디이로 꼭꼭 쪼아대는 눔 역시 물고기는 아이큐가 허경영 대선주자의 0.1%에도 미치지 못하드만요.

그럴 때 애가 달아 목소리 낮춰서 내뱉습니다. 이눔아, 입구는 거가 아니고 저짝이란 말야! 어항 한 번 놓고 꺼낼 때까지 기다리는 시간은 평균 1시간 정도 그렇게 많은 물고기들이 주위에 몰려들어 내 눈을 현혹시키며 심박 수를 증가시키곤 하지만, 정작 어항 안으로 들어가 생을 마감하는 물괘기 수는 고작 대여섯 마리 남짓이라, 그래도 만족하죠. 깻묵 갈아 또 물에 담가놓으면 되니까.

이런 기다림과 물나들이를 몇 순배 거치게 되면, 짧은 여름 해는 곧 지고 말아 아쉬움을 뒤로 한 채 행여 깨질세라 보물 1호 유리 어항을 고이 모셔들고 내일을 기약하며 집으로……

오랜만에 월봉회 냇가에 어항 놓고서 기다리고 있습니다.

현재까지 주위에 몰려들어 배회한 괘기 수(조회 수)는 이삼십 정도 됩니다.

근데 역시나 잘 들어오지는 않네요.

아니 아직 한 마리도 들어오지 않았습니다.

물고기도 진화하나요?

모여든 고기도 실은 꾼들이 말하는 대상어가 아닌 것이기에 그런가?

왜일까?

56

/ 빙판 위에서 빙어 낚시 /

빙어라고 들어보셨죠? 크기는 중치 멸치마꿈 하고 생김새는 까나리와 얼추 비슷합니다. 민물에 사는 1년생으로서 피라미에 비해서는 비늘이 매우 작고 은빛 단색을 띠고 있으며 약간 몰캉하고 날렵한 외관입니다.

재작년인가에도 인제군 남면의 소양호 북쪽 끝팅이에서 펼쳐지는 빙어 축제를 다녀온 적이 있었고, 이번에 딸내미가 은근히 재촉하여 잠시 집을 비운 아들놈 빼고 세 식구가 새벽 댓바람부터 설쳐서 잘 뚫린 홍천 길과 미시령 가는 길을 따라 쏜살같이 밟아댔습니다. 그래도 늦었습니다.

웬만한 꾼들은 익히 알 터이지만, 물고기란 민물이든 짠물이든 상관없이 새북녘에서 동트기 전까지만 입질이 있지 통 트고 나면 감감무소식인지라, 그리고 저번에 갔을 때도 조금 늦게 도착하여 견짓대 펼치고 10분 내에 잡은 고기가 수확의 거의 전부였던 것을 기억하고 이번엔 그 같은 전철을 밟지 않고자 설쳤음에도 빙판에 도착하여 시계를 보니 오전 9시 40분.

빙어란 놈은 시간관념이 너무도 철저하여 오전 10시가 넘으면 먹이활동을 쫑내기 마련이죠. 이 철칙은 이번에도 예외가 없어 약 20분간 20마리 정도 잡아내고 나머지 약 3시간가량 너덧 마리 건져냈을 뿐이었죠.

그래도 심심치 않은 건, 옆에 구멍파고 그 뚫어진 구멍을 다시 뚫어지게 바라보고 있는 중생들의 모습을 바라보면 그 또한 새로운 구경일세.

어떤 놈은 제법 꾼으로 보이는데 잡아놓은 고기는 보이지 않아 이놈이 무늬만 꾼인가 의심했는데, 그 의심은 단박에 쫓나부렀네.

이놈 보게! 아나나 다를까, 쌀알 같은 형상에다 살아있음을 증명한다고 꿈지락거리는 구더기를 줄줄이 꿰어 구멍 속을 디밀어 낚아 올린 빙어를 지 궁디 밑에 감춰 놓은 종이 잔 초장에 이내 콕 찍어 아구로 풍덩!

히야! 꾼은 꾼이구먼, 구더기로 잡은 빙어를 곧 바로 육신 주머니에 채워 넣다니.

결국 그놈의 살림망은 다름 아닌 아구 아래쪽의 위장이었던 기라. 에구, 추접어라!

아침도 못 먹고 출발한지라 정오쯤 해서 천막촌 간이식당에 자리 잡고 빙어튀김과 청국장을 시키니 산(live not mountain) 빙어를 반쯤 찬 접시기 물에 노닐게 해서 초장과 같이 주는 서비스 메뉴를 디미는지라, 이에 엄지와 검지를 이용해서 저 죽을 줄 모르고 접시기 물속을 뱅뱅 도는 놈들 한 마리 한 마리 건져내어 초장 발라 냠냠 쩝쩝.

개기도 묵어 본 놈이 먹는다고 저번에 먹을 땐 좀 거시기 했는디 이번엔 제법 회 맛이 나고 오랫동안 자근자근 씹어지드만요.

와중에 옆 테이블을 둘러 보니 젊은 남녀 너덧이 둘러 앉아 빙어회

무침을 시키노코 차마 묵진 못하고 망설이다 마침내 주인 아지매를 불러서 무쳐진 빙어를 물로 씻어 다시 튀김으로 해달라고 부탁하네. 내가 봐도 참 내 별 씨불 놈이 다 있네.

아지매는 어이없어 혀를 차면서도 손님은 왕이라는디 어쩔 것이여, 라는 심정으로 대신 빙어튀김 한 접시기를 쪼다 머시매들에게 디밀드만요.

그나마 강원도 꼴짝이길래 이만큼 하는 것이라 생각됩니다. 만일 딴 지방의 축제장 간이 매장이었으면 어림 반 푼어치도 없고말고요.

배불리고 다시금 빙판으로 복귀하니 구멍 속 수면 위의 찌는 마치 얼어붙은 듯 부동자세로 꼿꼿하게 서 있으매 무료하다 싶으니, 하늘에서 요란한 소리와 함께 영준이네 회사 SBS 헬기가 뺑뺑이를 돌며 카메라를 들이대길래 딸내미와 나 그리고 마누라가 두 팔을 하늘로 치켜 올려 휘젓길 약 5분, 집에 돌아와 8시 뉴스를 보니 우리 가족 모습은 안 뵈고, 옆에 있었던 가족만이 샷이 꽂혔드만요.

/ 원작(original)을 대하는 즐거움 /

저번 토요일, 서울시립미술관을 다녀왔습니다. 새롭게 단장된 덕수궁 돌담길을 끼고 돌아 예전에 일 때문에 뻔질나게 드나들었던 구 대법원 석조건물 안으로 들어갔죠.

마침, 고흐(이전에 우리가 배울 땐 '고호') 전시회가 열리고 있었습니다. 사실은 미대 졸업반인 조카가 부산에서 누나와 함께 올라와 고흐 전시회를 가봐야겠다고 해서 안내 겸 찾아간 자리였습니다. 실은 저 자신도 예전엔 과천미술관이나 예술의 전당 미술관에 종종 나들기도 했던 기억이 있고요.

웬걸, 매표소에 늘어진 기다꿈한 줄이나 현관 입구에 또 다시 늘어선 행렬만으로도 고흐 작품에 대한 기대가 한겨울 추위를 녹이기에 충분하더이다.

마침내 발발 떨며 행렬의 꼬리를 물고 들어가 처음으로 마주한 작품 시리즈는 연필로 그린 풍경화 및 인물화였습니다.

내 기억으론 인상파 화가로서 강렬한 색채의 풍경 등을 위주로 그린 작자가 고흐인 걸로 아는데, 연필로 세밀하게 그린 흑백화를 대하니 역시나 매사 기본기가 충실해야만 그 위로 치솟을 수 있는 것임을 새삼 느꼈습니다.

쭉 둘러보면서, 원색적으로 표현하자면 요절한 미칭개이가 그림 하

60

나는 원카 잘 그렸구나 하고 입을 헤벌레 벌리고 다물질 못했습니다. 화보집이나, 달력 그림 또는 영상 디스플레이를 통해서 접하던 그 그림들을 내 눈알 바로 앞 이삼 미터 전방에 놓고 보자 하니 그림 하나하나에 나 자신이 빨려 들어가는 듯 했습니다.

요즘 회자되는 단어 중 하나인 '몰입', 그림에 몰입된 채 기다꿈한 순대 같은 관람객 행렬 속에서 밀려나가매 마치 심 봉사 눈 트이듯, 라식 시술로 시력을 회복한 듯 눈알이 환해지고 시원해지는 느낌이었습니다. 역시 오리지널이 최곱니다.

눈길을 끈 몇 작품은 "'모작'이었습니다. 남의 그림을 베낀 것이지요. 고흐는 살아 생전에 밀레를 좋아해서 밀레 그림에 대한 모작을 많이 그렸답니다.

대저, 모작이란 오리지널에 못 미침이 당연할 터이나, 고흐의 경우엔 그러하지 않은 듯했습니다. 모작 대상 밀레 원작을 본 적이 없으니 확신할 수는 없지만요.

그림을 보면서 이상한 점 하나, 고흐 살아생전에 단 한 점만을 기십만 원 정도에 팔았을 뿐이었다던데, 그럼 어떻게 생활을 했으며 정신 나간 상태에서도 팔지도 못한 그 많은 그림들을 고이고이 간직해서 이역만리 코리아에서 백 년도 훨씬 지난 이 시점에 영환 도사 눈

앞에 모셔놓을 수 있었는지…….. 바람둥이가 지천이라도 예술혼만큼은 대단한 불란서여서 그랬던가?

해진 덕수궁 돌담길을 돌아 나와 시청 앞길로 들어서니 원형광장 울타리가 눈부시게 하네요. 뭐 '루미나리에'라든가.

고흐 원작을 대한 직후에 그 화려한 조명 울타리를 보니 우째 색감이나 ornamental이 고흐 영향을 쪼매 받기도 한 것 같고.

'루미나리에' 하니 '눈이나리네'라는 노래 구절이 떠오르네요.

두 단어가 상관있던가요?

/ 내셔널 트레져(National Treasure) /

'National Treasure'

말 대가리 두상에다 눈꼬리가 처져서 조금은 어눌하게 보이지만 처가 한국계라서 밉상만은 아닌 니콜라스 케이지 주연의 미국영화.

약 달포 전에 별 관심 없이 보았던 이 영화가 새삼 목젖을 넘어와 되새김질을 하게 된다.

영화의 대강 줄거리는, 미국 링컨 대통령 살인범 수첩의 불타다 남은 쪼가리에 남겨진 실낱같은 몇 단어를 통해서 주인공의 선대(고조부)가 그간 살인범의 공범으로 알려진 바와는 다를 수 있다는 판단 하에 그 과거를 추적해 가는 과정에서 땅속에 숨겨져 있던 아주 거대하고도 귀한 과거 유적 내지는 보물을 발견해 나가는 어쩌면 뻔하디뻔한 보물섬 얘기 중 하나에 불과한 것이리라.

영화 속에서 나온 거대한 유적으로서의 내셔널 트레져, 즉 국보라는 것이 이를 좀 생각하면서 볼라치면 미국이란 나라가 대글빡 털난 지 이백 년에 몇 십 년이 보태진 어쩌면 신생국가 축에 드는 얼라에 해당할진대, 그러한 고대 또는 중세의 내셔널 트레져가 존재한다는 설정이 얼마만 한 뺑인가 그 장면을 보면서 킁킁 코웃음을 쳤었다.

작금에야 세계지도 펼쳐놓고 지 맘대로 꼴리는 대로 몰캉한 어느

한 나라를 꼭 찍어 화약내 나는 전쟁 놀이터로 만드는 세계 일등국가 미국이지만, 그 태생만은 어쩔 수가 없고 지들 조상 나라 유럽이나 오리엔탈 할배 나라들이 간직하고 있는 옛날 문화재들이 너무도 부러워서 영화로나마 뻔한 거짓말로 없는 보물을 만들어 가면서 뻥을 치고 싶었던 것이 이 영화가 아니었을까?

며칠 전, 남대문 현판이 불길과는 제법 거리가 있었음에도 불현듯 급전직하 낙하하는 장면을 목도하며, 일순간이었지만 섬뜩한 기운이 스쳐 감을 나만이 느꼈을까?

내가 느끼기엔 세로로 세워져 장구한 세월 동안 자리를 지키고 있던 현판은 고층 빌딩 화재 시 창문에 매달려 있던 요구조자가 최후의 판단으로 자의적으로 떨어져 내리듯 현판 스스로가 스스로를 보호하고자 뛰어내린 듯 느껴졌다.

나중에 보니 뛰어내린 현판은 약간의 찰과상만 입었을 뿐 특히 인체로 치면 두상에 해당할 글자 자체 부위는 희한하게도 멀쩡하더이다.

아직까지도 남대문 화재와 관련하여 이러쿵저러쿵 많은 얘기가 쏟아져 나오고 있지만, 모두 지난 일이요 엎질러진 물이로다.

'은하철도 999'를 불렀던 김국환의 타타타 노래 가사 중 말미의 한 구절이 아주 쓸데없이 떠오르는 찬바람 부는 해거름 겨울 오후에
······.

/ 행복한 죽음 / - 시산제에서

골마루 제단의 제상 한복판에 떡하니 버티고 앉아선 찬 겨울 산을 가쁜 숨 헐떡이며 다말아 내려온 이백여 벌떼들을 지긋한 눈길로 수고했다고 인사하듯 온화하게 마주해 주시던 돼지 대갈님의 표정이 마냥 행복해 보였습니다.

고사 상 준비해 본 경험자는 알 터이지만, 고사 돼지머리 중 으뜸은 다름 아닌 '웃는 돈상'이라 거기에 피봇뺄이 누리끼리한 금색을 비초이면 더욱 더 조을씨고,

이번 시산제 돼지머리가 바로 그랬습니다. 이빨은 고대 중국 여인네 중 특수 직종 종사자 매이로 싸그리 발치하여 브이자 아구를 넓게도 벌리고 있구요.

다른 즘생과는 달리 돼지란 눔은 묵고 자고, 그라다 매려우면 싸는 일상의 사이클을 반복하다 그 결과로 개체량이 웬만해지면 상품가치를 인정받아 생을 마감하는 것이 일생일진대, 이번 고삿상의 도야진 죽어서도 그 크게 벌린 입 속으로 만인의 연인인 지폐다발을 꾸역꾸역 디밀어 한입 가득 채워 넣고 있으니 이 어찌 '행복한 죽음'이 아닐 수 있겠습니까?

실은 고삿상의 돼지만이 행복한 날은 아니었습니다. 행복한 돼지에게 엎드려 절을 한 모든 시산제 참가 동문들 모두 어제만큼은 대한

민국의 그 어느 누구보다도 행복한 하루였을 것입니다.

동문 선후배님!

돼지님에게 절할 때 무슨 소원을 비셨어요?

아, 그 소원이요.

이루어질 것입니다.

어떻게 확신하냐고요?

도사 별명을 지닌 제 느낌입니다.

고사 이후의 어쩌면 메인 이벤트라 할 수 있는 점심식사를 위해 냄새에 이끌려 들어서 식당의 상 위에 차려진 메뉴를 쳐다보곤, 첨에 눈이 놀라고 이어선 입속의 혀와 목구녕이 까무러치며, 서로들 맛있다는 비명소리에 귀가 즐거워 노래 부르는 '이비인후(耳鼻咽喉)'가 평등하게 행복을 누린 한마당 눈꽃축제였습니다

/ 먹고살기 힘든 세상 /

하늘이 첨 열리고 그 아래 땅 위에서 잉태된 최초의 생명서부터 작금의 너와 나에게까정 가장 힘든 일은 다름 아닌 '먹고 살기'일 것입니다.

'먹고살기 힘들다'라는 말은 태고 적부터 이어져 왔듯이 후생의 억만 년을 지나서도 그 위상의 변화는 없을 것입니다.

그란디, '먹고살기'보다 어려븐 늠이 하나 있으니, 적어도 내겐 '먹고 살(-)'올시다!

누군 안 먹으면 될 거 아니냐는 말을 하지만, 내겐 천만부당한 지껄임에 다름 아니라, 내 생활은 모든 게 평추얼이라서 끼니 시간 십 분만 지나도 당최 참을 수가 없으매……

오늘 아침 밥상머리에서 우리 딸년 하는 거동 좀 단디이 볼라치면, 지 에민 눈도 지대로 뜨지 못하고 김 폴폴 나는 아침 새 밥을 코밑에 밀어놨음에도 밥맛없어 안 묵겠다나.

암만 내 새끼지만 당최 이해가 가질 않네. 얼씨구, 아들놈도 아니 다를씨고!

그 꼴 보는 애비 놈은 심사가 쪼매이 뒤틀리긴 해도, 냠냠 쩝쩝 그 당새 밥그릇 밑바닥을 애무하고.

허기사, 무신 아침 예불 드리는 중놈도 아닌기, 108.9MHz 불교방송

아침 예불 시작 전부터 일어나 거실을 어슬렁거리며, 현관 쪽에 귀 기울여 조간신문 기다리는 놈이니, 전기밥솥일지언정 엊저녁 보온 찬밥이 아닌 삶은 쌀뜨물 냄새가 폴폴 나는 흰쌀밥이 그 아니 맛있을 소냐!

요즘, 언 눔은 일부러 보리밥이나 '웰빙 찰보리 비빔밥'을 돈 주고 사 묵기도 하더마, 내 눈깔로 보기엔 영 아인기라.

이 글을 읽는 독자님들! 보리농사 지어봤능교?

보리랑게, 벼농사 추수하고, 이모작으로 초거울에 골내고 거름 후 챠서 겉보리를 심어 놓고 다음 해 3월경에 독새풀을 매 주어야 하는디, 보리는 소출도 그렇고 금(가격)도 변변찮아 벼 논매기와는 달리 놉을 않고 집안 식구들끼리 맬 수밖에……

우리 집 식구는, 부모님과 우리 5형제, 그리하여 일곱 식구가 한 골 씩을 차고 앉아 공격 앞으로, 뒤돌아선 또 공격 앞으로 지겹도록 지꾸자꾸. 왜냐믄요, 우리 큰 논 한 도가리가 자그마치 일천육백오십육 평이었거든요.

그 넓디넓은 운동장을 어린애 손바닥마꿈 한 호맹이 한 자루씩 움켜쥐고 땅꺼죽을 낱낱이 까뒤빈다고 생각을 해보소. 그리고 오뉴월 땡볕에 겉보리 까끄래기 풀풀 날리면서 보리 타작해보소. 얼마나 까끄럽고, 까칠한 작업인지.

그란데다, 보리란 쌀과 달리 정부에서 수매를 안 하매 죄다 식구들 구내로 투입하여 청산해야 했으니, 아침도 보리밥(정확히는 보리 섞인 밥), 점슴도, 여전히 저녁도, 봄에도 여름에도 갈-결도 마찬가지.

그리하여, 전 절대루 보리밥 안 묵습니다. 옥수꾸도 고구마도 비스

68

름하구요.

어릴 적 그렇게 소망하던 희디흰 쌀만으로 밥을 해 바쳤건만 이를 마다하다니, 과연 이럴 수 있는 건가요? 이 먹고살기 힘든 세상에
…….

각설하고, 그라믄, 세상에서 가장 쉬운 일은?

·

·

'묵고 살찌기'

/ 미녀들의 수다 /

아마 집에 텔레비전 있으시죠?

집도 절도 그리고 처자식도 없어도 요즈음의 살아있는 인간이라면 오장육부 지니고 있듯 텔레비전 하나야 있겠죠.

텔레비전이 있다 치고, 그라믄 고장 나지 않은 이상에야 한 번씩 들다보시겠죠. 그라다 보면 수십 년 전부터 주말을 지캉 같이 보내자고 보채는 공영방송 케이비에스도 보시겠네요.

어젯밤 KBS 프로그램 중 '미녀들의 수다'라는 프로를 등짝 매트에 밀착해서 멍하니 바라보다 상큼한 화면이 지나가기에 고 장면을 회상하면서 거무한 자판을 때립니다.

'미녀들의 수다', 몇 년 전의 영화 '처녀들의 저녁식사'.

뭐 이런 타이틀이라면 뭇 남성들에겐 공통적으로 뭔가 있을 거라는 연상이 앞서게 됨은 자연의 이치이자, 고로한 제목을 붙인 작가의 뻔한 노림수이리라.

줄여서, '미수다'라는 프로의 촬영장과 출연진을 훑어보자면, 뵈지는 않지만 카메라 No.1,2,3……이 앞쪽에서 원호를 그리며 정면의 계단식 스타디움에 앉아있는 각국 각색의 미스 미녀들을 향해서 일제히 정조준한 상태에서, 그 카메라 샷발을 받는 출연진 미녀들은 죄다 짧은 치마에 미끈덩하고 길다란 다리를 꽈배기마냥 꼬고 앉아서 교

70

태를 부리매 이는 어릴 적 X-mas 선물로 받아보던 종합선물 세트와
다를 바가 없네!

종합선물 세트가 색색의 사탕과 과자로 눈을 혼절케 하듯, 스킨칼
라와 헤어모드를 저마다 달리하는 세계 각국의 처자들이 줄줄이
앉아서 제 딴엔 외국어인 한국어로 번갈아가며 야그를 뱉어냄에 기
특하기도 하고, 오감이 일제히 발동하여 일어남에 화면 그 자체로
하나의 그림이라.

그 그림의 떡들에게 주어진 오늘의 주제는, 한국생활 중 접한 쇼킹
한 문화를 대보는 것이었는데, 그 중에 일등에 랭크된 것은 다름 아
닌 '동창회'였습니다.

외국인들의 눈에 비친 한국 특유의 문화(또는 습성) 중에서 가장
유별나게 여겨지는 것이 바로 한국의 동창회라는 것이었던 모양입
니다.

그 동창회에 대한 몇몇 동서양 미녀들의 구시렁댐에 이어 충청도
MC인 하회탈 남희석의 잽싸게 이어지는 멘트는 다름 아닌 우리의
잘생긴 동문 패널 변우민이 녹화 전 대기실에서 야단법석을 떨었던
장면이었습니다.

녹화 전 대기실 상황이란, 변우민이 대기실에 들어서자 미수다 프로

조연출이란 친구가 다짜고짜 변우민에게 달려들어 "선배님, 저 동고 62회(? 아님 72회)입니다" 라면서 들이대는 장면을 남희석이 경황 중에 목도하였던 것이었지요.

남희석의 멘트가 꼬리를 감출 시점에 자막 글씨가 흘러감에 그 내용을 자세히 들여다보니, "변우민은 부산 동래고 59회이고 조연출 아무개는 62회입니다"라는 내가 볼 때는 무척이나 흐뭇하고 찌릿찌릿한 문장이었습니다.

별것 아닐 수도 있는데 난 왜 요런 장면에 흥분되고 기분이 좋아지는지……

/ 고추 세우기 /

오월은 과연 계절의 여왕인가요? 올 5월은 아마도 연휴의 제왕인 듯합니다.

오월에 접어들기가 무섭게 맞이한 어린이날 긴 삼연짱 연휴를 맞이하여 내 어릴 적 터전이자 어머님과 5남매 중 4남매가 눌러앉아 머무르는 양산을 다녀왔습니다.

마침 어린이날과 어버이날 즈음해서 어머니 생신도 있고 해서 연중행사로 5월 초 고향 나들이를 하곤 하죠.

저 어릴 적 우리 어무이 금목걸이 팔아 마련한 밭이 몇 해 전부턴 우리 어무이 놀이터이자 소일거리 제공처로서 그리고 우리 시집장개 간 자식들에겐 찬거리와 간식거리 제조공장으로 역할을 톡톡히 해오고 있는데 그 공장이 문을 닫을 지경이라 서운하고 섭섭하여 톡톡톡.

해마다 어무인 삼백여 나무 평 되는 땅에 쪼그려 걷기 기합 받듯 엎드려 이마트 야채코너에서 판매되는 거의 모든 야채는 물론이요 한약방 약재 원자재까정 재배하여 오셨습니다.

그런데 그 밭은 지금 어무이가 계신 곳으로부터 족히 이삼 킬로미터 정도 떨어져 있어 오가는 데만 한 시간 정도가 소요되는 제법 먼 거리입니다. 이에 제가 내려가면 태양이 얼굴 내밀기 훨씬 전인 새벽 5

시경에 차로 어무이 모시고 밭에 나가 발바닥에 흙 묻히고 오는 게 저는 물론이요 어무이에게도 즐거움이었죠.

우리 모자에게 그 같은 즐거움을 선사해 오고 있는 식료품 공장은 이젠 그 주위로 아파트 단지가 둘러싸서 그 운명이 기로에 놓여 쓸쓸하기도 하고 한편으론 그리 나무랄 일만은 아니라는 생각도 들락 말락 여러 생각이 오락가락.

각설하고, 제목에 걸맞은 본론으로 진입하자면, 아직 한 뼘 정도의 짝달막한 키로 성장기 진입 전단계인 고추밭에 고춧대를 세워 묶어 돌라는 어무이 지시에 따라 한쪽 손엔 해머를 쥐고 다른 손으론 고춧대를 곧추세워 땅바닥에 찔러박기를 계속하는디, 어무이가 그간 마련해 놓으신 고춧대가 각양각색 풀 파노라마에 전 파장 스펙트럼이라!

요즘 신식 고추밭 고춧대는 미리 재단되어 대량생산된 꼬챙이 모양새로 기냥 땅바닥 고추 포기 옆뽈때기에 전자서 살짝 꽂거나 꼽기만 하면 끝이건만, 우리 어매 할무이께선 여기저기서 온갖 일자형 선재는 죄다 모아서 건네주시매 그 낱낱의 형상을 형언차면, 바로 옆 아파트 공사장에서 나왔음직한 투바이포 가끼목, 그리고 같은 원산지로 추정되는 두어 자쯤 되는 철근, 그도 모자라 꼬부라진 철근, 한샘 부엌가구 문짝 테두리용 플라스틱 삼각 단면 선재, 밭 위의 산자락에 자생하는 옛날 화살촉 재료용 대나무, 대낭구 비슷하게 속이 빈 빳빳한 플라스틱 호스 등등 온갖 작대기와 막대기 그리고 꼬장캥이들이 해머에 대글빡 맞을 준비를 하고 기다리고 있더이다.

그중에 압권은 나중에 곰곰이 들다보고 알아챘는데, 우째 눈에 익고 손에 갬기는 맛이 예사롭지 않다 했는디, 이는 다름 아닌 당구장 큐대 뿔라진 것이었습니다. 원 시상에…….

여러분, 요즘 실한 고추 본 적 있남요? 고추 본래의 맵싹하면서도 아삭거리는 그런 고추말이에요.

다들 고개를 절레절레 하시는 폼새가 저랑 마찬가지구만요.

억지춘향으로 마누라에게 이끌려 마트 야채코너에 들렀을 때, 친구들이랑 삼겹살 묵을 때, 돼지국밥(산본에 한 군데 있습니다)이나 순대국밥 먹을 때 등등의 경우에 볼 수 있는 요즘의 고추란 놈은 외양은 그저 그만이죠.

요즘 고추란 게 딱딱하고 뻣뻣한 데다 길이도 한 뼘 이빠이 되고 굵기도 넘사스럽지 않을 정도여서 이 정도의 고추가 아랫입용 고추라면 그저 그만일 테이지만, 지가 논하는 고추는 윗입용 고추라는 데서 문제가 있는 것입니다.

우리 건물 구내식당 점심 땐 튼실한 요즘 고추를 항상 서비스로 양껏 집어가도록 비치해 놓고 있는데 다리 미끈한 아가씨도, 무통다리 아지매도, 날선 바지 아자씨도, 입 가진 만백성은 모두들 외면하고 그냥 지나칩니다. 왜냐, 맛없으니까.

'빛 좋은 개살구', 옛날 말입니다.

'때깔 좋은 풋고추'가 개화된 동의어가 아닐까?

그러나 우리 밭에서 무지막지한 버팀목에 기대어 자란 고추그루에 열매 맺은 '우리 밭 고추'는 진짜 고추입니다. 해마다 여름휴가 때 내려가서 따묵고 싸 짊어지고 오는 '우리 밭 고추'는 그 맛이 땡초(땡고추)보다는 약간 덜 맵고, 그 육질은 요즘 새로 나왔다는 오이고추 매

치로 아삭거리는 게 질기지도 않고 구강에 삽입해서 우아래 이빨을
서로 당겨 압착하면 똥강 부러져 버리는 그런 고추이고, 이를 빨갛
게 익도록 놔두었다가 고춧가리로 빠수면 적당하게 매운 게 그저 그
만이죠.

이러한 여름날의 기대를 대글빡 속에 되뇌며 수도 없이 해머질을 해
댔더니 왼쪽 팔이 찌릿찌릿 얼얼하네요.

/ 청량산/ - 절정의 청량제

청량산 솟을대문 마중 문 앞
강 건널목 다리발 저 아래를
조는 듯 더디게 휘감는 물길 속에서
부챗살 꼬리질로 유혹하듯 유영하는
팔뚝 누치의 여유로움이여!

차 트림에 놀라 차창에
문드러진 뽈을 떼어 목 고갤 드니
앞도 옆도 산이요, 울울창창 산산산 나무나무나무
울창수풀 만디이론 그슬린 듯 거무한 방구절벽 버텨 섰네.

골이 깊어야 산이 높은 법
허리가 짤록해야 궁디가 한층 커 뵈듯
골 깊은 청량의 산마룬 더 더욱 치솟아 뵈고

손바닥마꿈 한
하늘을 머리에 인
녹색 청량의 캔버스 위로

부릉부릉 물감 통들이 색색의
안료를 점점이 쏟아 흩어 노으매
그 이전도 작품이요, 이후도 걸작일세

형형색색 칠팔백 벌과 나비로 뒤덮인 청량이란!

박카스 구론산이 이에 비할쏘냐
포카리 비타500이 감히 얼굴을 들 것인가

이곳 청량산으로 포커싱한 반도의 벌 나비들에겐
더 없고 가없는 절정의 청량제가 있음에

이는 낙동 애기물줄기 곁에서의
귀를 씻어주는 동기의 웃음소리요
콧속을 파고드는 제수씨의 향수내음이요
눈을 안타깝게 하는 일마 대구리의 듬성한 흰 머리칼이요
목구녕 속을 급물살로 미끄러져 내려가는 탁배기의 거친 호흡이라.

/ 행복의 나라로 / - 변산 여행

안개의 희미함에 투명도를 높이는 동녘 햇살로
찬 볼탱이에 온기가 차오릅니다.
떨어지는 기온이 몰고 온 베르테르 효과가 여럿 있습니다.
기온이 떨어지니, 우선 기분도 떨어지고,
또 한 해가 간다는 생각에 상상 기력도 떨어집니다.
주책없이 주가도 돈값도 인간 값어치까지도 동반합니다.
올라야 삶을 풍요롭게 해 줄 주요 파라메타들이
죄다 어울려 미끄럼과 롤러코스트의 유희에 빠져 있습니다.
요놈들의 거동을 바라보는 우리네 관중석으론
살을 에는 눈보라가 몰아칩니다.

갑갑하죠?
짜증나죠?

자! 버스 펜션 예약 끝!
보따리 울러 메고 떠날 일만 남았습니다.
집안 방바닥과 사방 벽일랑은 남겨 둔 채
두 다리 지닌 생명체들

손목 틀어잡고 사당역 10번 출구로 나오세요.
어서 행복의 바다로 갑시다!

/ 변산 기행 /

바다가 그리워
머물러 기다릴 수만은 없었기에
소금바람 불어오는 그곳을 향해
뛰쳐나간 뭍의 조급한 흔적이여.

이에 질세라,
밀려오는 뭍이 반가워
처얼썩 처얼썩 반가운 볼을 어루만지니
켜켜이 싸여진 태고의 자취가 그대에게
속살을 드러냄에 아름다워라 변산반도의 채석강이여!

수십 성상이 동문의 끈으로 꿰어진 월봉회
가을 나들이에 맨 먼저 하늘이 축하 찬조를 함에
듬성 구름 사이로 비초이는 햇살은 따사롭고
빈 들녘 붉은 산자락 지나쳐온 바람은 서늘하여라.

민머리에 붉던 얼굴 이젠
성긴 백발군락지로 변한 지 오래건만

만나면 반가워라, 함께하면 청춘이어라
그간 세월은 죄다 잊은 건망증 환자들이
으스대며 윙윙거리니 영락없는 벌집
군봉 속 월봉회 나들이일세!

반백년지기 동기의 어깨를 기댄 채
집안 형 동생에 버금갈 선후배와 테이블을 마주하고
그리고 사이사이 집사람과 아해들을 앉혀 놓곤
정갈한 남도 찬거리와 펄떡이는 바다 속 생물들을 삼키노니
그만일세!

들어설 때 요란하던
밤바다 궁항포구의
파도소리는 어디로 달아났느냐?

/ 東高同樂 /

어찌 후세에 일어날 일을 이치로 꿰뚫어
옛 선비들은 이 같은 사자성어를 맨들어 놨을꼬?

달릴 때 힘들고 괴로운 심정은
발걸음 멈춤에 일순간 사라지고
동고인들 함께 달려 즐거움을 같이하는 東高同樂

서울서 부산까지 서울부산이어달리기일세!

/ 흔들릴 때마다 한잔 /

요즈음 세태란,
꿋꿋이 자리를 고수하는 것이 하나도 없이
모두가 흔들리며 제자리를 찾지 못하고
바람 부는 대로 휘어지고,
물결치는 대로 휩쓸리는 그런 하수상한 시절이기에
우리네 마음도
비바람 몰아치는 불안의 바다 위를
표류하고 있음에 다름 아닐 것입니다.

이러한 불안 불안한 현실 속에서
한 가정의 가장이라는 위치에 서 있는 우리들에게
그나마 잠시라도 모든 시름을 잊고
팍실하게 웃어재낄 수 있는 기회의 장이란
다름 아닌 친구들 간의 모임일 것이리라 생각됩니다.

올해 마지막 모임인 송년회 자리에서
우리 다 같이 몹쓸 년 공팔 년을 자근자근 씹어 줘입시다.
이 회장의 용쓰는 모양새를 지켜보자니 애처롭기까지 합니다.

회장님의 가득찬 배만큼이나 많은 동기들이 참석하여 자리를 가득
채웁시다.

이렇게 흔들릴 때,
소년시절 친구들과 어울려
갈 때까지 한잔 쭈-욱 빨아봅시다.

으 으---- 어

버씨로 취하네!!

/ 만년 총무 /

물은
쉼 없이 흘러가매

강바닥 방구는
오늘도 그 자리일세

/ 소걸음이 천리를 가듯 /

쥐꼬리를 자세히 들다 본 적이 있는지요?
그 경험의 여운이란 한마디로 '징글맞다'로 상징될 것입니다.

지 몸체보다도 길게 늘어진 꼬랑지를
질질 끌고 어디 구석디기나 시궁창 등의 후미지고
어두운 데만을 골라 다니고 그놈의 집구석이란 기 다름 아닌 쥐구
녕이고,

어쩌다 보니 쥐꼬리만 한 월급도 꼬박꼬박 받을 수만 있다면
더 없이 감사한 쥐꼬리가 된 세상입니다.
먼저 머리 뉘이신 선현 말씀대로 쥐구녕에도 볕들 날 있겠지요.

기축년 새해 하루 앞날 탁상캘린더를 근무교대 시키면서
지나친 올 한 해를 되새김해 보니 多事多難 내지는 多死多亂이라.

답지 않게 날렵했던 가수 꺼북이도,
인물 훤언하고 학벌 좋은 재환이도,
한창때 애교 넘치고 쩐 두둑한 진실이도,

한편 내 청춘을 해갈시켜 주셨던 이청준 선생마저도
다들 원대복귀하신 그런 한 해였습니다.

어느 시대 어느 천년이 태평성대가 있었으리오.
유사 이래 젊은 놈들은 버릇없기 마련이요,
수천 년을 되뇌는 난세에 말세타령이라

무신 올림픽 기록 경신하듯
해마중 생활고 지수는 기록을 경신하고,
거꾸로 지난 한 해는 올 개보다 나았다고 푸념하게 마련이시더.

고마 각설하고,
그리하여 오늘로 쥐새낀
짙은 구녕 속으로 징글맞은 꼬리를 감초이고
우직한 뚝심의 황우가 왕방울 눈망울로 첫걸음을 준비하고 있습
니다.

쟁기를 끄는 소의 걸음처럼,
한결같은 페이스로 우직하게 나아가
한 이랑씩 갈아엎노라면 어느새 사래 긴 밭은
풍년 소출을 기약하는 파종의 보금자리로 변해 있을 터

내년의 화두는

'다정다감'이 어떠할는지요?

다 같이 정을 나누며 가까이 다(가)감.

/ 시시산제 /

시상이 어수선할 때
시린 찬바람 맞으며
시산제 산 위에 올라
시원케 목청 돋우곤

시원한 탁배기 한잔 쭈-욱

/ 정기모임 문자 녹화중계 /

월봉회 1/4분기 모임이 어제(3/30) 탤런트 이연경 이미지가 연상되는 이사벨 고녀 출신 사장의 강남옥(교대역)에서 있었습니다. 대략의 분위기를 글로 전하겠습니다.

참석회원 : 강철희, 신경조, 이재곤, 이재륜, 이채근, 박봉현 김성수,
정태년, 양승호, 정용섭, 조주영, 이용학, 김영환, 구봉회,
정성헌, 이종갑, 조민광(총 17명)

결정사항 : 왕중왕전 겸 회원친선 골프대회는 두 어리신(마음이)께서 물 건너로 소풍 겸 연수가시는 스케줄을 고려하고,
또한 지금 국내에 계신 서일성 고문님과의 동행을 위해
5월 20일 전후에 갖기로 하였습니다. 그동안 인내하면서 칼 갈아 두세요.

회원동정 : 어려울수록 몸띠이라도 성해야 한다는 선현의 가르침을 좇아 월봉회 회원 대다수가 체력관리 및 다이어트에 몰두하고 계셨습니다. 일례로, 채그이 새이는 털끝만큼씩이나 체중이 줄었다며 자랑하더이다. 이번에도 영판 운

대가 맞아서 중국의 정태년 회원이 경조형님한테 혼사 부조하고 갔습니다.

불길예감 : 이번에도 태년성님이 참석하시매, 또 소주(지명) 얘기와 함께 항공료 체재비 등이 도마에 올랐습니다. 어쩌면 올해 일박이일은 비행기 타고 날아올라 선계에 버금가는 소주를 이목구비로 경험하지 않을까하는 예감이 불길 같이 타오르는 밤이었습니다.

재가회원 : 참석하여 함께 일 배 일 배 백팔 배는 못했어도 심적 시선은 교대역 쪽을 향하였으리라 생각됩니다. 우달이 형님은 불사중창에, 현규형님과 정걸이형님께선 선약이 있어 못 오셨고, 갑환형님은 감기바이러스 독식을 위해, 진하새이는 중국 출장 땜에, 욱균 선배와 진생형 그리고 성우동생은 지방의 볼 일로, 그리고 마도로스 태환인 야간대학 공부 땜에 등등의 이유로 평생 두 번 다신 못 올 09년 1분기 참석기회를 포기할 수밖에 없었습니다.

동선궤적 : 1차 소 수육과 탕을 섭취한 후, 뒷골목 굽이돌아 '오베로' 호프집에서 기름 낀 식도 내벽을 보리 물로 씻어 내리곤, 출입문 박차고 나와 반시계 방향의 건너편 지하 당구장으로 헤쳐모여 재미있게 놀았습니다.

수입지출 : 수입-48만원(당일회비)-50만원(연회비: 신경조, 강철희,

김성수, 정성헌, 구봉회)

지출-364,000원(1차 식대)

그래서- 616,000원 통장 입금

식대찬조 : 강남옥에서 나와 생맥주집에서 이어진 2차에서는 이재

륜 회장님께서 계산하셨습니다. 감사드립니다.

이만, 총총 - 월총

/ 속리산 / - 이팔청춘으로의 회귀

그야말로 쑤셔놓은 벌집일세

세상 속에 흩어졌던 수십 벌통 한데 모아
세속 저편 속리(俗離) 산중에 풀어 놓으매
먹장구름 먼저 놀라 청명하늘 뒤로 한 채
그 흔적이 묘연하네.

배낭 울러 매고 삼삼오오 무리지어
비 갠 송림 속을 활보로 치받으니
높아 뵈던 산 만디이가 지절로 허리 굽혀
발밑으로 기어드네.

다시금 헤쳐모인
군봉(群蜂) 형국 들다보니
에헤라 디야 좋고 좋다.

조껍디이 술도 좋고
사방으로 둘러앉은
너도 좋고 니도 좋다.

94

/ 붉은 단풍으로 버무린 춘천 닭갈비 /

묵자니 공임이 안 나오고 버리자니 너덜한 살집이 쪼매이 보이고 그 계륵을 막걸리 곁들여 맛나게 취식하고 왔습니다. 뜻밖에 전혀 예상치 않게 조동아리만 호사를 치룬 주말이었습니다.

30km 지점 갓길에서 허우적대다가 대논 버스가 있길래 올라탔더니 그거이 분리수거용이었습니다. 먼저, 올라타 있던 주자들을 보니, 호송 버스의 죄인들 표정이었습니다. 다들 가슴팍에 수인번호를 박아 넣은 채, 중죄라도 지은 양 목고개를 사타리 새에 처박고 있었습니다.

아주 이채로운 풍광을 목도하였지요. 실은 환한 가을 단풍이며 호반의 멋스러움보다는 훨씬 재미로운 인간 군상의 풍경이었습니다.

실은 나름대로 격일로 동네 트랙을 돌며 그 사이 날은 헬스센터에서 무거운 쇳덩이 추와 씨름하며 빡세게 준비해 왔었는데, 황망하고 허망하게도 산송장이 되어 두 눈 말뚱히 뜨고 장의차에 탑승한 신세가 되었습니다. 근데 저만 즐겁더라고요.

나중에 수진형님께서 쓰라린 정감의 위안 말씀 "포기하는 것도 큰 용기다"라고 전해 주심에 그냥저냥 견딜 만하였으나, 그 뒤에 이어지는 문한영 선배님께서 영환이 어찌 되었느냐고 물으셨다는 전언에 '어이쿠! 또 다시 선배님 후배 사랑에 두 번째 배반의 못질을 해

드렸구나'라는 생각이 스쳤습니다.

춘마와 중마를 같이 신청했다가 중마는 지가 총무인 월봉회 소풍 땜에 못 가게 되었는데, 오늘 부득이하게 소풍을 취소하게 되었습니다.

그리하여, 또 다른 기회가 왔습니다.

또 한 번의 도중 포기 기회인지 아님 저에게 관심과 사랑을 주시는 선후배 마라톤회 회원들께 보답을 할 수 있는 기회인지는 지나쳐 봐야 하겠지만, 지금 이 시점에 레이싱화 매듭을 고쳐 매고 생각의 매무새도 다잡아 봅니다.

/ 부산 가는 길 / - 제7회 경부이어달리기를 마치고

한 땀 한 땀
땀방울로 누빈 천리 길

골 따라 물길 따라
형 아우 함께 달린 가을 길

입동 동녘 찬바람도
거무한 뿔을 쏘아대는
늦바람 난 세찬 빗방울도
시샘하듯 함께 달린 고향 길이었어라

잠시 잠깐 고행 길
이젠 천리 만길 이어질 추억의 길

/ 庚寅年 元旦 /

호시탐탐(虎視耽耽)

숨죽인 긴장 속에서
즐기듯 순간 포착하여
먹잇감 낚아채는 범과 같이

그간 소망하며 애써왔던
바람들이 일순간 결실을 맺는
경인년 한 해이길 기원합니다.

경인년 들머리에

/ 신년 산행 /

허 - 어
날씨 참 곱네

바람아
어데 갔느뇨?

오뉴월
합동산행
땡볕 아래 오시려나

/ 디오앤지지오와이에이(donggoya.net) /

새들은 좋겠다.

매려울 새도 없이
맘껏 싸재끼니 말이다.

비상의 날개 짓으로 솟구쳐 올라
땅 우의 악다구니를 죄다 내리 보며
조롱하듯 내갈기는 배설의 쾌감은 어떠할까.

여어선 나도 새가 된다.
손가락 똥구녁으로 용을 써서
오늘도 영혼의 배설을 한다.

누군간
혼잣말로
"똥 싸고 있네"라고 하지는 않을지?

/ 수리산 정상에 서서 /

옆 동네 월봉회 대문 사진은 저희 집 뒤편 수리산 정상에서 작년 회원들과 함께한 모습입니다.

엊그제 일요일엔 혼자서 그때 올랐던 가파른 계단코스를 논스톱 잰걸음으로 올랐더랬습니다. 언덕 훈련 겸 해서 마라톤화를 착용하고 단숨에 치고 올라 발아래 저편에 널브러진 아파트 군락이랑 그 사이사이를 기어댕기는 벌거지 같은 차량 행렬을 물끄러미 바라보았죠.

산 위에 올라 내리 보면 정상정복의 쾌감과 발아래 펼쳐지는 장관에 감탄하기보다는 서글픈 감정도 이빨 사이 치석같이 끼어들게 됨을 때때로 느끼곤 합니다.

우에서 보니 아파트 한 동도 별거 아니건만 한 동은커녕 그 한 동 중 극히 일부 공간만을 차지하려 청춘의 고달픈 시절을 지나온 우리들의 서글픈 초상이겠지요.

우주공간을 여행했던 비행사들의 대부분은 지구로의 귀환 후 정상적인 삶을 살기보다는 폐인의 길로 들어선 경우가 많았다죠. 멀리선 자그마한 푸른 별에 지나지 않는 지구의 잔상이 귀환 후에도 뇌리에서 사라지지 않기에 세상사 인간사 사소한 부대낌에 맞서서 호흡하기가 귀찮아졌음이리라.

각설하고,

수리산 슬기봉 정상엔 조선 천지 어느 산꼭대기에서도 찾아볼 수 없는 맛난 막걸리가 마빡에 손을 얹고 기다리고 있습니다.

길따란 널빤지에 널려있는 안주는 누구 말대로 거의 뷔페 수준입니다. 실은 운동은 지차고 요놈의 막걸리 한 잔 하러 단숨에 오백 고지를 올라갔더랬습니다.

가서 술잔을 들고 양 다릴 땅에 처박고 있으면, 파이브 클럽 또는 세븐클럽 나아가서는 텐클럽 멤버들이 이합집산을 거듭합니다.

지는 클럽멤버는 못 되고 두세 잔 정도이죠.

그날은 쥔장이 서비스 한 잔 더 줘서 넉 잔 넘기고 내려왔습니다.

/ 소리산 / - 그 소릴 들으셨나요?

뽀독 뽀독 뽀드득
골짝 초입 하이얀 눈이
쇠창 덧댄 밑창에 눌려 꽤나 놀랐나 봅니다.

무쇠 같은 얼음벽 끼고돌아
하늘땅 경계에 다다르니,

뽀송뽀송 매끈하고 소복하던
하이얀 살결은 간데없고, 듬성진
검버섯에 군데군데 눅진한 백발만이
햇살아래 시름을 토하고 있습니다.

눈과 물의 경계에서 방황하던
질척한 눈들이 마침내 발밑에서
눈 물로 뚜-욱 뚝 떨어져 내립니다.

문득, 달포 전 단 위 사진 속에서
잔잔하게 미소 짓던 함께 했던 이의 모습이

떠올라 발 밑 눈 물이 육신을 타고 눈물샘까지 차오릅니다.

옹골차게 솟아올라 칼끝 같은
소리산은 정수릴 짓누르는 미물들을
이내 밀쳐내어 산 아래로 떨구어 냅니다.

그리하여 다시 산 아래로 원점 회귀한
우리들은 소리산을 병풍삼아 절을 하곤
목청껏 소리쳐 한 해 염원을 외쳐보았죠.

그 소릴 들으셨나요?

소리산 산신께서 메아리에
담아 보낸 그 희망의 메세시지를 말이에요.

혹여나 못들은 분들이 있을 듯해서요.
그 말씀은요.
.

.

(   )

각자 괄호 안에 채워 넣으시면 됩니다.

/ 사랑 그리고 행복 /

거리마다 행복이

골목길 따라 사랑이
서로 앞다투어 밀려옵니다.

사랑과 행복으로
가득한 우리 동네
가로를 누비며
골목을 헤집는
우리 동네 마을버스는

행복운수와
사랑교통입니다.

/ 뛰어서 강남까지 / - 동아마라톤 대회

작년 동아대회는 4시간 20분, 올해는 조금 줄여 4:05:04였습니다. 문 선배님의 충고를 가슴 깊게 새겨 하프까지는 노란 풍선을 매단 첫사랑 연인 4시간 10분 페메를 따라 매 5km를 28분대로 다말았습니다.

근데, 지 지랄 같은 성격상 먼 시계바늘도 아이고, 째짝째짝 두 시간 가량을 동일한 동작과 체위를 유지하자니 좀 지루했던 모양입니다. 그래서 하프를 지나선 지루함의 근본을 뒤로 떨쳐내고 새로운 감각의 연인을 찾아 앞선 정자군 들을 헤집고 전진했습니다.

새로운 연인을 만나는 데는 별 어려움이 없었습니다. 샛노란 풍선을 매단 꼬랑지 4시간 페메와 함께 그를 사모하는 무리들, 마치 난자 주위의 정자들 같은 떼거리를 발견하여 합류하기까지는 채 3분도 안 걸렸습니다.

새로 전입한 소대에서 새로운 각오로 대오를 갖춰 타박타박 노란 풍선 그녀의 구령에 맞춰 집단구보를 이어갔습니다. 그런데, 무리 속에서 고갤 들어 조 앞을 보니 지금 이눔의 노랭둥이 년보다 한층 육감적이고 빵빵한 또 다른 사빵빵 페메가 얼추 일백오십 미터 정도 앞에서 유혹하고 있었습니다.

왠지 따라오라고 교태를 부리듯 엉덩일 씰룩대기에 새로운 연인을 향해 가쁜 숨을 몰아댔습니다. 그리하여 삼십오 킬로미터까지 세 번째 연인과 동반하며 서로의 거친 호흡을 느끼며 때로는 맨살로 스킨십을 해댔습니다. 그

런데, 이 세 번째 연인은 그만 거기까지만 허락하더이다. 다리를 벌리야 밀어 넣던지 끝장을 보든지 할 터인디 다릿발 우에서 그냥 엥꼬의 전조등이 시동을 걸었습니다.

잠실대교에 오르니 여적지 뽕잎 갈아대는 누에 조딩이 매치로 새빠르게 왕복운동을 하던 두 다리가, 웬일인지 누에 몸뗑이 매치로 얌전을 빼며 슬로우 모드로 전환됨에 아직 정신이 말똥한 주자를 황당케 하였습니다.

어쩔 수 없지요. 인생사 만사가 사필귀정이라! 그간 두 번의 연인을 차버린 죗값을 달게 받아야지요. 아니, 이젠 뒤로 했던 한때나마 함께했던 과거의 연인을 받아들이기로 했습니다.

육신이 생각의 방향키를 조종하고, 그로 틀어진 생각은 곧 바로 육신에 행동명령을 내리매 그 즉시 다릿발 위에서 그간 유지해 오던 속도 게이지가 아래쪽을 향해 거침없이 뚝뚝 떨어지드만요.(35-40km: 32min)

그리하여 내쳤던 과거의 연인을 새로이 만나는 데는 채 몇 분조차

도 필요치 않았습니다. 다릿발을 미처 내려서지도 못한 찰나에 나의 두 번째 노란 풍선 연인이 눈을 흘기며 또한 고개를 외시며 스쳐지나갔습니다.

그나마 다행인 것은 첫사랑 사일공 연인에게만은 축 처져 터덕대는 추한 모습을 보이진 않았음을 털끝만한 위안으로 삼아봅니다.

그래도 세월은 흐르고 흐느적대는 다리도 운동장으로 흘러들어 두 다리 반대편으로 양팔을 번쩍 치켜 올리며 촬영모드로 전환하며 아치를 통과했습니다. 그런데 아쉽게도 엠포토로 그 많은 사진에 전 한 장도 없더이다.

그간의 망마 선후배님 성원에 감사드립니다.

이젠 5분 5초 남았네요.

비마,

실은 肥滿馬 올림

/ 因緣 /

그저
함께하는
호흡만으로도
효도요.

여즉
생존해 계심이
천만 多幸이라.

/ 과천 풀 /

작년 과천대회에서 초반 15km까지 문한영 선배님과 동반주하면서 초반 끗발을 부리다 탄천과 양재천 합수지점부터 헤매며 4시간 30분으로 골인하여 문 선배님께 누를 끼친 기억이 새롭습니다.

올해는 그 전철을 밟지 않으려 맨 꽁지에서 출발하여 사브작사브작 가볍게 발걸음을 옮겨댔습니다. 일단 발걸음은 가벼웠고 기분도 괜찮았습니다.

본 사이트에서 며칠 전 밝혔듯이, 이번 레이스는 시계도 차지 않고, 몸 가는 대로 달리며 기록은 괘념치 않았습니다. 그런데 그 몸 가는 대로가 문제였습니다.

정확히는 두 다리에 몸을 의지하여 앞으로 나아가매, 7km 지점쯤에서 광화문 페이싱의 페메들이 저 앞에 보이기에 어뜬 늠들일까 확인 차 따라붙었더니 어이쿠 3:45 풍선장수였습니다.

이들 두 페이스 메이커의 속도가 느린 듯 느껴져서 추월할까 하다가 또 욕들을 것 같아서, 무리에 섞인 채 양재천 물살과 함께 한강을 향해 미끄러져 내려갔습니다.

역시나! 정확히 하프지점을 지나서니 힘에 부치기 시작하여, 탄천부근에서부터 약간 속도를 늦추매 풍선의 크기가 점점 작아졌습니다.

그럭저럭 제2반환점을 돌아 망마 훈련 출발지의 스트레칭하는 곳

벤치에 다다르니, 함께 삼사오 페메를 따르며 꽤나 팔꿈치 버팅을 자주 했던 미국 아해가 앉아 있더라고요. 원래 이곳은 우리의 시작과 끝 지점으로 담소하며 턱숨을 가다듬는 곳이기에 몸이 지 먼저 알고 그 아해 옆으로 인도하였습니다.

그리하여 그 허연 청년과 "니도 힘들었제?"란 말로 시작해서 한참을 이바구하다, "씨 유"하고 옷가지   겨 논 곳으로 다말았습니다.

요 지점부터는 우리 훈련코스이고 또한 종마 별명의 종호 총무와 공수부대 출신 천석형님이랑 씨게 다말던 코스라 쪽 빠졌던 힘이 어디서 솟아나는지는 몰라도 제법 속도를 내며 골인할 수 있었습니다.(기록은 4:13:35)

골인 후 몸 상태는 출발 전과 별무 차이.

기록 의식치 않으니 양재천 뚝방의 검불 헤치고 솟아나 야실야실 흔들리는 풀잎이 지대로 보입디더.

/ 양평마라톤 /

맑은 물사랑 '양평 이봉주 마라톤대회'

이봉주랑 양평은 태생적 지역 연고는 없으나 봉주의 어린 시절 뒤를 봐줬던 스폰서의 고향이 양평이라서 그 인연으로 유명한 본인의 이름을 빌려준 지역 마라톤 대회로 벌써 12회째를 맞이하고 있다.

두 패로 갈라서, 한 팀은 양재역에서 다른 한 팀은 평촌역에서 집결하여, 양평을 향하였다. 웬 새벽비가 그리도 따라 붓는지 두물머리 한편에 마련된 강변 대회장에 도착해서 두 패거리의 합수 후에도 빗줄기의 성냄은 가라앉을 기미를 보이지 않자, 몇몇 주자는 이를 핑계로 거리를 단축시키거나 아예 뛰지를 않겠다고 꽁지를 내린다. 빗줄기도 피할 겸, 우리 동네 '군포육상연맹' 텐트 속으로 찾아들어 단체대회에 참가한 이네들의 격려성 공치사로 자연스럽게 빗속을 서성대는 우리 회원들을 남의 텐트 처마 안으로 모여들도록 하였다.

출발 총성이 울리기까지 비는 멎지 않아 우중주로 무리와 섞여 뛰쳐나갔다. 약 4km 지점이 지났을까? 비는 멎고 초여름 날씨치고는 달리기에 퍽이나 좋은 조건으로 바뀌었다. 동공을 통해 유입되는 막 비 그친 팔당호 거울면 수면과 이에 맞닿아 치솟아 오른 주변의 가득한 산들을 둘러보며 달리자니 높은 습도만이 옥에 티일 뿐이다.

7km 지점쯤인가에 제법한 오르막을 올라 물 한 잔 하고 이내 시동 끄고 삼사백 미터는 공짜로 미끄러져 내려가니 오르막의 턱숨이 이내 팔당호 깊은 물속으로 자취를 감추고 레이싱화 밑창에 얻어맞는 아스팔트 뽈따구의 비명소리만이 귓전을 울릴 뿐이다.

반환점을 1km쯤 남겨놓고, 예의 군포육상연맹 단체 팀 주자들을 교행하매 "군포 화이팅" 하며 우렁차게 기를 북돋아 주었다. 다시 앞쪽을 보니 익숙한 우리네 조끼가 보여 시야에서 놓치지 않을 정도로 대략 4km 정도를 뒤쫓아 갔다.

반환점을 돌아 채 500미터를 지나지 않았을 때, 문 선배님께서 환한 미소로 왼손을 치켜들어 "힘내라" 응원해 주신다. 당신도 적잖이 힘드실 낀데…….

다시 앞서 지났던 고개를 반대로 지나치자 앞선 동료 선배님의 등짝이 제법 크게 눈에 들어옴에, 미안치만 인사를 드리고 앞서 나갔다. 골인 지점 약 2km 전에 룰루가 사진기를 들이대매, 옷매무새를 단정히 하고, 전장터에서 적의 총구에 놀란 전투병모냥 두 손을 높이 치켜 올렸다. 제발 살려만 주이소!

얼마 지나지 않으니 결승 아치가 보인다. 고오까지는 가뜩이나 내리막이라 마지막 스퍼트로 별 의미 없이 몇몇의 앞선 주자를 추월

하여 다시 결승 카메라 총 앞에서 두 손을 번쩍 들곤 삐잉 삐잉 전
자음을 확인하였다. 이로써 빗물로 시작하여 땀범벅으로 양평 마
라톤을 마무리하였다. 하프 기록은 1:52:09. So so.

이어진 뒤풀이 전반전은 게르마늄 유황온천에서의 빨가벗고 목욕
하기. 탕 창 너머로 넘바다 뵈는 팔당호 전경이 고만이고 보드랍고
매끄러운 게르마년이 살   구석구석을 애무하니 꼿꼿하고 빳빳하
게 선다. 축 처졌던 기운이 목욕 재개를 마치고 탑승하여 검게 탄
남정네들만이 소복이 두물머리 팔당호 구불 길을 드라이브한다.

무릇, 두 갈래 물길이 한 몸으로 섞이는 두물머리 이 길은 그녀와
함께 하는 길이건만 그 아름답고 아슬아슬한 이 길을 무식하게 두
다리 두 발바닥만으로 달린 후, 다시 수컷들만이 동테 구부려 단지
쪼그라든 위장만을 채우려 쌔고 쌘 러브침대 완비 모텔 숲들을 소
닭 보듯 지나치며 퇴(廢)촌 예약처로 달렸다. 두 다리 힘껏 놀려 다
리 새 한껏 고여든 점액질은 그대로 남겨 놓은 채로……

예약된 물가 숲자락 아늑한 음식점에 들러 맥주랑 막걸리랑 소주랑
을 안주삼아 선후배 동문 주자들의 이바구를 가슴으로 들이켜며
실컷 취한 하루였다.

/ 세월아 / - 화양계곡 합동산행

고맙다
세월아
너의 근면에
비로소 경의를 표하노라

숱한 원망 속에서도
차곡차곡 채워 놓았더구나

오늘 그 흐뭇한 곳간을 들여다보았네

미안타
세월아

오늘만은 내 너를 잊으련다
화양의 구곡 속에서

/ 나는 새입니다/ - 제8회 경부이어달리기를 마치고

나는 새입니다.
나는 나는 새입니다.
하늘 높은 가을엔 더 높이 나는 새입니다.

해마다 이즈음 가을이면
빨강파랑 구슬들이 땅거죽을
타고 꼬물꼬물 기어가는 모습이
참으로 희한하기도 하고 가엽기까지 합니다.

또로록 또로록
제자리걸음 하듯 더디게 굴러갑니다.

해거름에 아이들 집으로 찾아들듯
펄럭이던 잎들이 찬바람에 대지 위로 몸 누이듯
올 가을도 저 푸르고 빠알간 구슬들은 둥지를 찾아가나 봅니다.

/ 남자는 무엇으로 사는가? / - 월봉회 야유회

철부지 땐 배불리 먹으면 그만이고, 눈에 세상 만물의 초점이 맺어질 시기엔 나름대로의 꿈을 좇아 앞만 보며 나아가겠지요.

이젠 제 각각 더 이상 꿈만을 찾아 나댕기기엔 세포의 노화활동도 왕성해지고 터럭빛깔도 퇴색되어 가매 어느 줄에 매달려 하루하루를 보내야만 그나마 덜 허탈할까요?

생의 도중에 이같이 던져지는 물음표에 확실한 도장을 찍어주는 명제가 있었으니 이는 어제와 그제의 일박이일 야유회였습니다.

남자는 무엇으로 사는가? 타인의 호감어린 시선과 나를 향한 고마움을 느낄 때 비로소 나의 존재가 그 빛을 발하는 것은 아닐까요.

회원 선배가 후배를 감싸 안고, 후배는 선배의 배려와 사랑으로 그 뒤를 좇으며 동행한 그네들의 아내들은 감히 꿈엔들 마주칠 수 없는 남정네들의 점액질 우정에 감탄하며 또한 그러한 남정네 무리에 섞일 수 있었다는 다행스러움에 그들의 옆구리에 꼬-옥 붙어 지긋한 미소로 화답하니 바로 이 맛으로 남자가 살아가는 것은 아닌지요.

웬 지랄사설이냐구요?

여하튼 모처럼 사는 맛을 제대로 느꼈던 하룻밤 이틀 낮이었습니다.

/ 반백년 즈음에 / - 홈커밍 30주년을 치루며

어머니 뱃속에서 느긋하게 유영하고 있던 어느 날, 깜짝 놀라 세상 밖으로 나왔더랍니다.

새 시대를 예고하는 혁명의 총소리를 출발신호로 해서 혁명둥이 우리의 삶이 시작된 것이지요. 혁명에 편승하여 우리의 삶은 항상 신구와 보혁 그리고 가난과 풍요를 가르는 경계에서 호흡을 하였습니다. 어둡고 침침하던 호야불이 외양간 황소 불알 같은 백열등으로 바뀌어 휘영청 화안한 대명천지 불야성 세상이 도래하고, 신작로 울퉁불퉁 자갈길은 매끄럽고 쫀독한 골땅으로 포장되고, 이엉 이어 겹겹이 수북하던 초가지붕은 골골이 골진 슬레이트 지붕으로 바뀌었죠.

어쩌면 우리의 지난날은 구시대의 끝물과 신시대의 첫머리를 오가며 그야말로 팽팽 도는 소용돌이 속 세상을 살아왔으리라.

우리의 탄생에 축포를 울려주었던 혁명가가, 그를 따르던 이의 총탄에 스러져 가던 날, 누군가 까만 교복에 민머리로 정경과목 김남진 선생님께 물었었죠. 앞으로 세상은 어찌 될 거냐고요. 선생님 대답하시길 "많은 변화가 있을 거이다."

그 후로 우린 제복을 벗고 머리를 기루며 사회로, 대학으로 흩어졌죠. 선생님 말씀대로 많은 변화가 있었고, 지금 돌이켜보면 대부분이 순방향으로의 변화가 있었던 것으로 생각됩니다.

고교를 졸업했어도 우린 태생적 변곡점으로서 줄곧 변화의 첨병일 수밖에 없었죠.

신축생을 기점으로 본고사가 없어지고 캠퍼스 교련 군복무 단축이 사라지더니 대학 졸업 즈음엔 그토록 요란코 코를 잡게 했던 데모 행렬마저 꼬릴 감추고 올림픽 모드로 전환하였죠.

사회에 던져져선 언필칭 삼팔육 세대니 뭐니 해서 볼펜과 자판의 경계에서 일순간 허둥거리기도 했죠. 이젠 사오정도 뒤켠으로 밀려난 지금.

우리 나이 쉰 살, 쉬기 시작하는 나이인가 봅니다. 달리 표현하자면 발효의 초기이죠. 숫자로는 반백, 머리털도 반백이네요.

이렇듯 뒤돌아본 우리의 삶은 변화의 물결 한 가운데에 서 있었습니다.

앞으로는 어떠할까요. 이젠 이별에 익숙해질 때입니다.

벌써 아들딸은 이미 우리 곁을 떠난 지 오랩니다. 설사 한집에 같이 있어도, 같이 밥을 먹어도 예전의 그 새깽이는 아닙니다. 그마저도, 제 둥지를 마련해서 눈 밖으로 멀어져 갈 터이지요.

왠지 오늘 여름 햇살에 빛나던 스팡클 잎사귀를 모두 떨궈 버린 나

뭇가지 사이로 드러난 빈 둥지가 눈을 아프게 찔러댑니다.

요사이 밀려드는 우편물이란 거개가 부고장과 청첩장들입니다. 이들 모두 이별과 작별의 메신저일 뿐입니다.

그래도 살아갈 만한 한 구석이 남아 있음은 다름 아닌 여기 모인 친구들 때문일 터.

부모님이 나와 함께한 시간보다 자식새끼와 함께 지낸 세월보다 빠-알간 얼굴로 만나 지금 쉬어가는 너와 내가 함께했고 함께할 시절의 길이가 훨씬 긴 것임을 우리 가슴에 지워지지 않을 문신으로 새겨 서로에게 고마워하여야 할 것입니다.

고맙다. 친구야!

/ 공감(共感) /

기부(寄附)

기부(Give)

고것 참!

/ 사칙연산 / - 이공일공년 섣달그믐 밤에

한 살씩 어김없이 더해 감에
터럭 수와 방울 샘 양수 양은 턱없이 감하고,

인생열차는 제곱 승으로 빨라지는데
머릿속 상념은 천 갈래 만 갈래로 나뉘누나.

/ 어버이 은혜 /

유기농이라…….

이마트에서 마누라 궁디에 붙어 질질 끌려 다니다 신선식품 코너에서 마주치는 '유기농'이란 단어를 접하믄 직방으로 떠오르는 아련한 내음은 바로 '똥냄새'입니다.

전, 요즘 나발 불어쌓는 유기농의 진원이 어드메며 그 진의는 어떠한 것인지 당최 분간이 가지 않습니다.

유기의 반대편엔 무기가 버티고 있으매 무기질 비료와 상극이 유기질 비료라 할 것인 바, 아마도 여기서의 무기질 비료란 '화학비료'로서 제법 뻣뻣하고 도깝하며 반투명 회색 빛깔의 포장지에 들어 있던 흰 좁쌀 같은 '요소비료'와 천상 들깨 같은 '질소비료' 그리고, 이들이 섞여진 '복합비료'였던 것으로 회상됩니다.

이러한 화학비료가 아닌 천연의 유기질 비료란, 재래식 화장실에 둥둥 떠댕기는 똥덩거리와 이를 떠받치고 있는 암갈색 젖꿍을 알철모에 막대기 꽂은 똥바가지로 퍼내어 소 발굽에 자근자근 밟히고 소똥과 오줌으로 버무린 지푸라기 무더기에 퍼 후챠서 김이 모락모락 나게끔 숙성시킨 두엄이 바로 유기질 비료가 아니었던가요?

즉, 인간의 배설물과 짐승의 배설물이, 배설물의 원료를 생산하고 하직한 볏짚과 사이좋게 버무려지고 숙성 또는 발효되어, 다시금 배설물의 원료를 생산하기 위한 밑거름으로서의 용도로 역할을 하는 유기질 비료를 사용하여 재배한 신선식품이 진정한 의미의 유기농 작물이 아닐까 합니다.

즉, 인간은 지 똥을 약간의 순환과정을 거쳐 다시금 섭생하게 되지요. 바로 이 순환 고리가 자연계의 법칙이요 생태계라 할 것입니다.

내 어릴 적 우리 어머님은 밭 맬 때 손가락 마디마다 똥독이 올라 아파하면서도 이러한 자연의 순환 고리에 충실하게 농사지은 유기농 신선식품을 우리 형제들에게 맥였기에 오형제가 무탈하고 건강하게 성장하지 않았을까 하고 문득 생각해 봅니다.

채소와 곡식만이 그러했던가요?

온 마당을 파헤치던 달구 새끼들과 온 천지를 화장실로 여겼던 덩개들과 이 산 저 산 온갖 풀과 약초들은 죄다 새빠닥으로 휘감아 넣곤 밤새 질겅질겅 껌 씹던 외양간 황우와 식구들 먹고 남은 찌끄래기일망정 반갑다고 꿀꿀대고 묵어대던 도야지들 모두, 지금 되돌아보면 온갖 화려한 수식어로 치장하고 있는 육류 제품들의 최상위에 떡 허이 버티고도 주리가 남는다 할 것이올시다.

이치로 값지고 귀한 음식들로 우리를 맥여 주신 부모님께 새삼 감사를 드립니다.

/ 눈 /

발밑에
  질척이는 눈

  눈에 밟힌다.

  지금
    내 옆서
      질척대는 이놈도

  첫눈엔
순백순진했는데

/ 눈꽃 산행 /

온통 눈이다.
아니, 눈 속에 티끌 같은 내가 있다.

천지간 경계도
방위도 고저도 일순간 삼켜버린
눈의 포화 속에서 간신히 꼬물대고 있을 뿐이다.

괜한 미련과 아쉬움으로 진즉에
떠나보냈어야 할 숱한 푸른 잎을 매달고
저 홀로 동장군과 씨름하던 소나무 장수는
깃털보다도 가벼웁고 솜털보다도 보드라운 송이송이
눈꽃송이 무게를 버티지 못하고 둥치째 동강나 뒹굴고 있어라.

흰 눈은 모래밭 나일강변
하이얀 궁전에도 내리고 쌓여
사각 와꾸에 처용 눈매로 안타깝게
미련 떨던 이마져도 넘어뜨렸어라.

눈 덮인 경포 백사장엔

숱한 밤 은밀하게 애무하던

연인을 빼앗긴 성난 파도가

희멀건 게거품을 앞세워

속절없이 세차게 밀려들 뿐

/ 동아마라톤 참가기 /

새벽 7시경에 도착한 광화문은 봄비로 흥건하게 젖어 있었다.

자고로 펜의 위세는 대단하여, 동아일보사 주최의 동아마라톤 출발지는 서울 한복판 동아일보사 앞마당의 이순신 장군님이 긴 칼 옆에 찬 채 우뚝 서 계시고 그 옆에 세종대왕님이 황사 비를 고스란히 온몸으로 받고 계신 광화문이요, 주로는 광화문을 출발해서 남대문을 거쳐 청계천과 을지로 등등의 시내를 뱅뱅 돌아 서울 숲을 스치곤 잠실대교를 건너서 종합운동장으로 골인하는 코스로서 한나절 내내 그 복잡한 강·남북의 도로를 틀어막을 정도이니 그 자체로 대단한 대회라 할 것이다.

출발 전, 약속된 교보빌딩 앞에서 부산에서 올라오신 서상환 선배님과 서울 망월마라톤 팀이 조우하여 순신 장군님 갑옷에 비해 경량이면서도 방풍 방수 효과에 더하여 보온 효과가 만점인 천 원짜리 반투명 비닐 갑옷을 제각각 걸치고 기념촬영을 하고는 배정된 출발 위치를 향해 빗속으로 잠입했다.

드디어, 엘리트 선수의 출발총성이 울리고, 뒤이어 운집한 마스터스 주자들에 떠밀려 백오 리 대장정의 첫걸음을 내딛었다. 남대문을 지나 5km 기록을 보니 27분 정도였고, 숨 쉬기나 발걸음에 문제가 없음이 느껴졌다. 그 이후론 외제차의 정속주행 모드마냥 아무 생

128

각 없이 26분대를 유지하며 발 가는 대로 앞만 보고 달렸다.

그러한 정속주행의 향도가 있었으니, 이는 3시간 50분 페이스 메이커였다. 아주 자연스럽게 약 7km 지점에서 그 페이스 메이커를 조우하여 30km 초반 구간까지 동반하며 달렸기에, 지금 기억나는 주로 상황이나 컨디션의 특이점이 없음이 되레 이상하게 느껴지기도 한다. 아마도 달리는 데에만 집중해서 그러하지 않았을까 생각된다.

마침내 36km 지점의 잠실대교 초입에 들어서니, 양쪽 건물에 꽉 막혔던 시야가 화들짝 넓어진다. 생고생을 하던 발과 다리가 이윽고 파업 경고를 한다. 이에 단호한 정신적 회초리를 가해 무력진압을 시도한다. 그래, 발아 다리야 여적지 참아 왔듯이 조금만 더 참거라. 제발 부탁이다. 작년에 바로 이 지점에서 너희들 발 다리가 태업을 하여 아쉽게도 5분 차이로 서브 포(sub-4)를 놓치지 않았더냐. 과연 정신이 육체를 지배하는가? 잠실대교를 건너 롯데 백화점을 향하는 약간의 내리막을 어렵사리 지나는데, 느닷없이 길가의 객이 내 앞을 가로 막더니 조그만 얼라 감기약 시럽 병을 전해주고 사라진다. 누군가 보니, 52회 김정완형님이다. 전해진 약은 꿀물이다. 알라 꼬치 같은 약병 주둥이를 내 주둥이에 대고 쪽쪽 빨아대니 다디단 꿀물이 목을 타고 온몸으로 퍼진다. 선배님의 후배 사랑도 함께

모세혈관까지 파고든다.

일순간 입고 있는 상의의 '동래고교'와 '벌'마크를 아래로 내려 보니 여러 동문, 특히 망월 마라톤회의 선배님들의 영상이 시리즈로 돌아가매, 약간 처졌던 페이스가 업되며, 된 기분이 한층 감한다.

석촌호수를 끼고돌아 또 몇 번의 코너링 끝에 멀지 않은 곳에 스타디움이 들어온다. 다 왔구나! 쓸데없이 분풀이 겸 앞서 가는 주자들을 제치기 시작한다. 작년과 재작년 바로 이 지점에서 헉헉대고 있을 때, 웬 놈들이 그렇게 힘이 남아서 날 추월해 가던지 야속하게 느껴졌기에 그 앙갚음으로 앞쪽 주자들을 점령해 갔다. 그 진군은 운동장 트랙에 들어서서도 이어졌다.

이윽고 ㄷ 자 풍선 아치를 목전에 두고 멋지게 사진촬영 모드를 취하려는 순간, 사진사가 양편에 각각 있음을 발견하고 두 마리 토끼를 다 잡으려 욕심을 부리다 결국에는 어느 한 쪽도 제대로 걸려들지 않았음이 서운할 따름이다.

최종 기록은 3시간 53분 14초. 개인적으로 처음으로 서브 포를 달성했다. 서브 포를 달성하기까지 격려를 아끼지 않으시고, 대회 일주일 후인 지금까지도 전화로 축하를 해주시는 선배님들에게 감사를 드립니다.

재경 망월마라톤뿐만이 아니라 우리나라 시니어 마라톤 계에 전설을 쓰고 계시는 문한영 선배님(34회)과, 맨인 블랙 김정호 선배님(29회), 전화로 축하해 주신 서병재, 최홍식 선배님(33회), 문영상(37회), 박수진(42회) 선배님, 그 외 망마 선배님과 회장단, 그리고 동마를 함께 달리시며 저와 마찬가지로 생애 처음으로 서브 포를 달성

하신 서상환 선배님(45)과 부산의 망월마라톤 동문 여러분 모두가 저에겐 큰 힘이 되었습니다. 감사합니다.

이 봄 지나고, 이글거리던 여름 햇빛의 기운이 스멀스멀 빠져갈 즈음, 우린 다시 만나겠죠? 경부이어달리기 주로에서 말입니다. 올해에는 더 많은 새로운 식구와 동문들을 주로에서 뵐 수 있기를 바랍니다.

저는 달립니다. 왜냐고요? 달리면 좋습니다. 달리면 조섭니다.

/ 수리산 /

수리수리 마수리
뒷산 수리산이 마술을 부린다.

꽃향기와 연록의 여린 잎새 화안한
손짓에 홀려 긴 잠 끝에 움찔 들썩대는
대지를 밟는다.

눈 덮여 얼어붙은 그 속에 발 디딘
온갖 나무들랑은 땅거죽 흑색종에
시름거리며 마감을 고하는 줄 알았는데

당시에 가늠되지 아니하고
당최 상상할 수 없는 지경으로
성큼 다가와 손짓하니 이 아니
마술이고 도술이랴!

/ 방아타령 /

잎의 모양새만을 놓고 볼라치면 영판 깻잎이요, 그 크기는 깻잎에
훨씬 못 미치나 알싸하고 맵싹한 나름의 향은 깻잎을 확실히 압도
한다.

서양인들이 쉽사리 입에 댈 수 없는 우리네 음식의 으뜸은 어떠한
것일까요? 얼핏 떠오르기로는 고약한 냄새의 된장, 징글맞은 산 낙
지, 뜨겁게 달구는 고추장, 입 냄새의 절정인 마늘 등등 들 수 있을
것이리라.

그런데 서양인들이 감히 입에 가져가기를 두려워하는 최고의 한국
음식은 다름 아닌 '생 깻잎'이라는 사실을 알고 계시는지요. 뭐 우리
야 고기 구워먹을 때 곁들이는 가장 흔한 푸성귀이기에 아무런 기
꺼움이 없으나, 요놈이 서양인에게는 마치 최루가스보다도 독하게
혀를 쏘아대서 냄새조차도 안 맡으려 멀찌감치 밀쳐놓기 일쑤이
지요.

하기사, 들깨란 작물은 농약을 하는 법이 없습니다. 해충들이 감히
접근할 수 없을 정도의 자가 살충제를 품어내고 있기 때문일 것입
니다. 들깻잎의 스펙이 이러할진대, 이보다 몇 단계 위의 허브 강도
를 지닌 방앗잎은 두말할 나위가 없겠지요.

벌써 십 년 정도나 지났나요? 앞 들판으론 허멀건 메밀밭이 쫘악

깔려 있고 뒤로는 들쑥날쑥한 삿갓 산들로 둘러싸인 평창의 흥정 계곡 초입에 자리한 찬익 선배님(41회)의 하늘민박을 가족들과 함께 다녀왔더랍니다.

계곡엔 버들치들이 빼곡히 들어차서 날 잡아잡슈, 하고 게으르게 배회하길래 한 냄비 건져내서 냉장고에 밀쳐놓곤, 계곡 위쪽에 위치한 '허브나라'로 산보 겸 가족들과 올랐습니다.

웬걸, 내미나는 몇 가지 풀떼기 몇 고랑 숨가 놓곤 입장료를 받고 있더고요. 울며 겨자 먹기로 가족 수대로 지불하곤, 두 콧구멍을 킁킁거리며 이런저런 온갖 냄새를 풍기는 풀과 나무들을 둘러보았죠.

얼추 다 둘러보고 되돌아 나오려는 찰라, 유독 친근하게 눈의 띄는 잎새가 보이길래 다가가 보니, 강원도에서는 볼 수 없을 거라고 생각했던 방아풀이 단신인 저의 바지춤에 차오르도록 큰 키로 버티고 있더라고요. 마침 계곡의 피라미랑 버들치도 한 냄비 잡아놓은 터라 고랑을 지나치는 척하면서 바지 호주머니로 이파리들을 한 움큼씩 훔쳐 채워 넣었죠. 그리하여 뜻하지 않게 그날 저녁 우리 가족은 찬익형님과 함께 진한 향기가 물씬 배어 나오는 민물 매운탕 축제를 열었습죠.

'고향'이란 무엇일까요? 관념적인 고향이 아닌 감각적인 고향에는 어떠한 게 있을까 더듬어 봅니다.

고향의 산천으로 대표되는 시각적인 고향, 소 목에 매달려 밤새 귀를 간질이는 소 요령 소리로 상징될 법한 청각적인 고향, 인체 부산물과 섞여 뜨끈한 냄새로 피어올라 코로 흡입되는 두엄의 후각적 고향, 초봄 천변의 보드라운 버들강아지를 손바닥 위에 올려놓곤 쓰다듬던 촉각적 고향, 그리고 제 집집마다 독특한 냄새와 오미로 혀를 자극했던 미각적 고향 등등이 있을 터이지요.

아마도 동편 남녘에서 한 시절을 보낸 이들에겐 그 미각적 고향의 일 번지쯤에 해당할 수 있을 애기 방아풀이 저희 집 베란다에서 튼실하게 성장하고 있습니다.

어버이날에 양산에 갔다가 밭에서 노력 봉사를 하던 중 방아풀이 소복이 자라고 있길래 요놈을 싣고 오긴 했는데, 심을 데가 없어 궁여지책으로 베란다 나무들이 자라고 있는 화분의 옆뽈때기에 숨가 놨더랩니다.

심은 다음 날 확인하니, 마치 고엽제를 듬뿍 뒤집어쓴 듯 줄기들은 휘영청 늘어진 채 자빠져 있고, 잎사귀들은 가을 낙엽마냥 말라 비틀어져 가고 있길래, 수시로 물주고 때때로 들다보고 하면서 노심초사 몇 날을 보내다 보니, 마치 남정네 양물마냥 축 늘어져 죽었다가 일순간 빨딱 살아나 활착에 성공을 하였음이 확인되어 제 기분은 무척이나 흐뭇하답니다.

어릴 적 어른들 말씀에 나락은 논 주인의 발자국 소리를 들으며 영글어간다더니, 요 며칠간 시도 때도 없이 들여다보았더니, 그 시선도 보살핌인양 되살아난 방아가 어여삐 이렇게 타령을 부르고 있습니다.

그런데, 어찌합니까? 민물낚시 끊은 지가 얼추 두어 해는 다 되어 가고 창고에 처박아 놓은 낚싯대는 경시효과로 국수가닥 부러지듯 툭 툭 부러져 나가니…….

할 수 없죠. 남쪽에서 서울 근방으로 시집온 방아를 후각적 고향의 밑천으로 데불고 살렵니다.

/ 수학여행 / - 계룡산 합동 산행

관광버스 여나무 대
분명코 한 학년 육칠백

이십구 반부터
육십구 반까지

지 멋대루 복장에다
두발 상태는 불량의 정수리
개중엔 여학생까정 동반하곤

계룡산 우거진 수풀
어둑한 그늘 아래
반반이 둘러앉아

술술술 술과 함께
추억을 삼키노니

갑사 마른계곡

흘러내린 실 물줄기
아득히 이어졌어라.

/ 조삼모사 /

아침엔
삼각김밥

저녁은
사발면

지나치는
편의점 창 너머
젊은 그네들의 익숙한 풍경

/ 고개 숙인 그대에게 /

모름지기
벼랑 사람은
영글수록 고개를 숙인다지

요즈음
언제나 어디서나
고개 숙인 군상이 넘쳐나
인간 농사 풍년인가 여겼더니
그도 아닐세라

요놈의 요물단지
조막만한 검정 판때기
네놈의 소행이었구나

고개 숙인 그대여
머리를 들라

오!

하늘이여
구름이여

/ 방태산 /

골골골
개골 개골

산중 땅거죽 뚫고
솟아올라 모여든
계곡 물줄기

퍼질러 돌아누운
너럭바위 등짝 위로
홍겹게 미끄러져 내리고

계곡 물길 이웃한
한자 폭 실낱같은
수풀 길

등짐 진 더딘 행렬
힘겹게 오르네

물길은 수이 내리 흐르건만

턱 숨찬 발길은 무얼 찾아

거슬러 오르는가

/ 이번 주말, 뭐 하세요? /

날씨 좋답니다.
혹여 시간 나시걸랑 저랑 여행 한 번 떠나 보시죠.
아니, 종합 건강검진 받으러 가시죠.

신체 장기 중 가장 중요한 심장의 이상 유무 판단 시
운동부하 시험이라 하여 트레드 밀 테스트를 합다.
대략 기십만 원은 들여야 하지요.

밀실이 아닌 경치 좋고 확 트인 대청호반에서
얼추 공짜로 건강검진에 건강 자신감을 얹어드리겠습니다.

며칠 전 F-TV에서 아프리카 호수에서의 낚시에
고무풍선 우끼를 쓰는 것을 보았습니다.

저는 헬륨 잔뜩 채운 고무풍선 우끼에
꽃가루 미끼 매달아 허공에 띄워놓고
하염없이 바라보는 삐끼이럽니다.

연목구어보다 한 수 위일 겁니다.

/ 가을사랑 /

가을은
잠실 선착장에
첫발을 내딛는다.

가을은
탄천을 거슬러
남녘을 물들이며

내리
달린다.

/ 백마강 /

뽀오얀 흙먼지 일받으며
포효하듯 질주하던
덤프차 지난 자리

고요만이 남았네

넓어져 허전하고
깊어져 창백해진
게으른 백마강 물살이여

강물의 여정은
지날수록 더뎌지건만

인생 물길은 갈수록
급물살일세

/ 난 모르겠네 /

7호선 가리봉역
스크린 도어 투명 창에
선명한 선한 서체로
목전에 다가선 시구

난 모르겠네
뭔 말인지

머언 나라의
친숙한 모국어